Alt BDSM

Auktion

Erika Sanders

Alt BDSM
Auktion
Erika Sanders
Serie
Erotisk Dominans og Underkastelse

Synopsis

Den består af følgende romaner:
  Slavekvinde
  Den muslimske hustru
  Klub BDSM

Alt BDSM er en historie med stærkt erotisk BDSM-indhold og til gengæld også tilhørende samlingen **Erotisk Dominans og Underkastelse**, en serie af romaner med højt romantisk og erotisk BDSM-indhold.

(Alle karakterer er 18 år eller ældre)

Bemærkning til forfatter:

Erika Sanders er en internationalt kendt forfatter, oversat til mere end tyve sprog, som underskriver sine mest erotiske skrifter, væk fra sin sædvanlige prosa, med sit pigenavn.

Indeks:

ALT BDSM
AUKTION
ERIKA SANDERS

SLAVEKVINDE

Prolog:

At være en underdanig kone har sine op- og nedture.

Det svære var det ekstra ansvar. Kelly var en stærk forretningsmindet kvinde. Hun arbejdede hårdt hele dagen som kontorchef. Om natten eller i weekenden skulle hun stadig arbejde. En anden slags arbejde. Hun var seksuelt underdanig over for sin mand og tilgodesede alle hans behov. Det var en rolle, hun gerne omfavnede.

Det gode var den følelse, det gav hende. Hun elskede at glæde sin mand. Det gav Kelly trøst at være underdanig over for ham, fordi han vidste, hvordan han skulle behandle hende ordentligt og med stor respekt. Det fik Kelly til at føle sig tryg at være i hans trældom. Bundet af sine reb. Og så var der orgasmerne. De dejlige orgasmer. Det var den bedste del af at være en underdanig kone. Alle de orgasmer, hun nogensinde kunne ønske sig.

Det gav deres ægteskab et tiltrængt stød, når det var muligt. Efter flere års ægteskab var enhver måde at krydre deres kærlighedsliv på altid en god ting.

Da hun klædte sig af sit kontortøj, bar hun et par bløde silkestrømper, et par hvide bh og trusser og en gennemsigtig negligé.

Det var ikke noget hun bar tit. Og hun var ikke forpligtet til at klæde sig sådan rundt i huset. Det var noget, hun valgte at gøre til netop den aften , som var meget speciel.

Richard kom hjem omkring kl. Han havde arbejdet lidt senere end normalt takket være en stor fusion, som hans firma havde arbejdet på.

"Du ser fantastisk ud," sagde han, da han så sin kone.

Kelly var i køkkenet i sit sexede lille outfit og tilberedte en hjemmelavet middag. Der var en række stearinlys, som var arrangeret i spisestuen , men som endnu ikke var tændt.

"Jeg troede, jeg ville gøre noget særligt, da, du ved, i dag er en ret speciel dag for os," sagde hun.

"Tror du, jeg har glemt det?"

Hendes øjenbryn løftede sig. "Gjorde du?"

"Vores 10 års jubilæum."

Hun smilede: "Du huskede det."

"Det gjorde jeg. Og jeg fik dig også noget. En dejlig lille overraskelse."

Han tog noget op af lommen og holdt det oprejst for at vise sin kone. På kort afstand kunne Kelly ikke se, hvad det var, men det lignede et nøglekort eller noget.

Kelly spidsede øjnene og lagde hænderne på hofterne. "Nå, vil du fortælle mig, hvad det er, eller skal jeg gætte?"

Han lagde den tilbage i lommen. "Jeg kan ikke give dig alle detaljerne endnu. Men det er noget, jeg ved, du vil blive begejstret for."

"Nogle hints?"

"Hvad vil du have?" spurgte Richard. "Hvad vil du have, der skal ske med dig? Ville du være interesseret i en anden kvinde?"

Hun kastede et skeptisk blik. "Er dette endnu et af dine spil?"

"Jeg er helt seriøs. Ville du være sammen med en anden kvinde, hvis du havde muligheden?"

Hun holdt en pause. "Det er noget, jeg har interesseret mig for i et stykke tid. Det ved du allerede."

"Så får vi det til at ske i aften," sagde han. "Jeg ønsker, at vores 10-års jubilæum skal være uforglemmeligt. Jeg mener det, i aften bliver speciel og ulig noget, vi nogensinde har gjort før."

Hun skelede til ham. "Du er seriøs, ikke?"

"Jeg skaffede os billetter til et meget unikt arrangement. Vi har aldrig været der før, men jeg har hørt mange gode ting om det fra folk, jeg stoler på."

"Lyder spændende."

" Selvfølgelig er det spændende. Alt hvad du ønsker skal ske, vil det gå i opfyldelse, seksuelt set. Tænk, hvad vil du have, der skal ske? Hvordan vil du have, at din første lesbiske oplevelse skal være?"

Kelly brugte sin livlige fantasi. "Jeg vil gerne have, at bondage bliver involveret på en eller anden måde. Måske er jeg bundet, og hun kommer hen og slikker mig. Sådan ville jeg forestille mig min første gang."

"Hvordan vil du have, at hun skal se ud? Nogle præferencer? Du kan få, hvad du vil."

"Det gør ikke noget. Bare så længe hun er sød. Helst ikke lesbisk. Jeg vil gerne have samme erfaringsniveau som hende, så vi på en måde kan udforske det sammen. Jeg tror, det ville være mit ideelle scenarie."

"Du kan vælge den kvinde, du vil have."

"Jeg kan?" hun spurgte.

"Du vælger, og hun bliver din. Uanset hvad der passer til dine behov."

Begge Kellys øjenbryn løftede sig. "Åh min."

"Hvad ville du føle, hvis jeg kneppede hende?"

Hun gav et legende skarpt blik. "Leder du efter en undskyldning for at snyde?"

"Teknisk set ville du også være utro, da hun ville spise din fisse og få dig til at komme."

" Tør ," smilede hun.

"Så hvordan ville det få dig til at føle?"

Kelly og Richard gav hinanden legende udtryk. De var altid helt ærlige over for hinanden. Og de havde været gift længe nok til at kende hinandens tanker.

"Nu hvor du nævner det, så lyder det ret varmt. At have en trekant er ikke noget, jeg tænker så tit på. Men det har strejfet mig ved visse lejligheder, her og der."

"Tænk bare, du ville blive bundet i sengen, denne anden kvinde spiste din fisse, så ville jeg kneppe hende. Pænt og hårdt. Måske kan du rense hende bagefter med munden. Lokkende, ikke?"

"Gud, det hele lyder så afvigende," sagde hun med en lidt nervøs tone i stemmen.

"Men gør det dig våd? Det er det store spørgsmål."

"Selvfølgelig, formoder jeg. Min første lesbiske orgasme efterfulgt af en trekant. Det er nok til at gøre enhver kvinde fugtig."

"Så er det afgjort. Vi gør det."

Kelly løftede et øjenbryn. "Hvis du bliver ved med at tale sådan, vil du få mig til at dryppe ud over gulvet, og jeg har et rigtig rod at gøre rent."

"Det betyder, at jeg gør noget rigtigt."

"Det gør du altid."

Richard smilede: "Til vores 10 års jubilæum vil dine drømme gå i opfyldelse. Det bliver en fantastisk nat. Kom nu, tag en flot kjole på. Jeg tager dig med ud til en dejlig romantisk middag. Bagefter tager jeg du et særligt sted. Et sted vi aldrig har været før."

"Du har stadig ikke fortalt mig, hvor vi skal hen."

"Det finder du ud af, når vi når dertil," svarede Richard. "Jeg lover, at du bliver tilfreds. Tag nu tøj på."

"Jeg har den perfekte sorte kjole til i aften," sagde Kelly. "Den er ny. Jeg har længtes efter at have den på."

"Efter middagen vil du ikke have den på ret længe."

"Jeg elsker dig Richard. De sidste 10 år af mit liv har været et stort eventyr, du ved det, ikke?"

"Jeg elsker også dig," svarede han. "Og eventyret er lige begyndt."

Der var et legende udtryk i Kellys ansigt. Hun vidste, at hun kunne stole på sin mand. Han traf altid de rigtige valg for hende. Men hemmeligholdelsen var det, der fangede hendes opmærksomhed. Richard var aldrig en hemmelighedsfuld person. Men i aften var anderledes.

Kelly lagde gryderne og panderne væk og satte maden tilbage i køleskabet, mens hun stadig var klædt i sit tynde outfit. Hun var nysgerrig efter sin mands overraskelse til deres 10 års jubilæum. Uanset hvad det var, må det have været godt.

Hun havde dog ingen idé om, hvor godt det ville blive. Det var den perfekte jubilæumsgave, der skulle tage deres sexliv til et helt nyt niveau.

Kvindeslaven

Erika ventede alene på værelset.

Det var en slags kontor. En slags bibliotek. Der var bøger rundt om på væggene. Og der var et stort skrivebord i træ. Der var en stol foran skrivebordet, så Erika kunne sidde senere. Der sad også en videooptager på et stativ med front mod hende. Den var slukket i øjeblikket .

Værelset var et sted med elegance og sofistikering.

Hun var der kun, fordi en nær ven havde anbefalet den pågældende organisation . Hun fik at vide, at alt var professionelt drevet, og indtil videre så det ud til at være tilfældet. Alt blev håndteret på en virksomhedslignende måde.

Døren gik op, og Madamen gik ind. Hun var høj, vellystig, og hun bar en elegant kjole. Hun havde en stærk opførsel over sig, som man kunne forvente af en fremtrædende madame.

Erika stod.

"Tak fordi du ventede," sagde madamen.

De gav hinanden hånden.

"Ingen bekymringer. Jeg forstår, at du er en travl kvinde."

"Jeg har altid travlt, men jeg elsker det, jeg laver."

"Jeg kan se, at."

"Har du fundet alt efter din smag?" spurgte Madamen. "Jeg håber, at mine medarbejdere har været behjælpelige med dig."

"Ja, meget tak."

"Fantastisk. Hvis du ikke har noget imod det, vil jeg gerne begynde at optage denne interviewsession nu," sagde madamen. "Jeg har en stram tidsplan. Vær venlig at sidde."

Erika satte sig ned, mens Madamen aktiverede videooptageren. Så sad Madamen bag skrivebordet og fik det godt, mens de to kvinder så på hinanden.

"Vi vil begynde interviewet nu," sagde Madame.

Erika nikkede nervøst. "Okay."

"Jeg har allerede gennemgået dit CV og dine lægejournaler. Alt ser acceptabelt ud. Dette er den sidste fase af din audition. Vi kan godt lide at optage dette, så vores organisation kan gøre tingene mere passende for dig."

"Jeg forstår."

"Opgiv dit navn til kameraet," beordrede Madamen.

"Erika Sanders."

"Alder?"

" 28."

"Civilstand?"

"Gift."

"Beskæftigelse?"

"Jeg er advokatfuldmægtig," svarede Erika. "Jeg hjælper advokater med at forberede sager, interviewe klienter, lave research, den slags."

"Hvordan vil du beskrive dit udseende?"

Erika tænkte sig om et øjeblik. "Jeg har skulderlangt hår. Lidt bølget. Auburn farve, som er lidt brunlig. Gennemsnitlig bygning. Jeg har fået at vide, at jeg er attraktiv."

"Er du enig?" spurgte Madamen.

"Hvis det er, hvad folk tænker, så er det deres mening."

"Jeg spørger din mening. Er du enig i, at du er attraktiv?"

"Det tror jeg, jeg er. Jeg er bestemt ikke supermodel attraktiv, men jeg har det fint med mit udseende."

"Hvad er dit bedste ansigtstræk?"

"Sandsynligvis mine øjne. De er mørkeblå. Jeg kan godt lide dem."

"Jeg må være enig," bemærkede Madamen. "Pircing blå øjne. En sød næse. Og smukke læber. Du har et meget dejligt ansigt."

"Tak skal du have."

"Og din krop? Hvordan vil du beskrive din krop?"

"Mine proportioner er ret gennemsnitlige. Jeg holder mig i form ved at løbe i weekenden og lave yoga i hverdagene."

"Hvordan vil du beskrive dine bryster?"

Erika tænkte sig om et øjeblik. "Det er små håndfulde. Faste. Lidt opadvendte. De er formet som pærer. Mine areolas er lyserøde. Jeg har lyserøde brystvorter, som stikker ud."

"Er dine brystvorter følsomme?"

"Meget."

"Leger du med dine brystvorter, når du onanerer?"

"Nogle gange," erkendte Erika.

"Og dine ben og numse? Hvordan vil du beskrive dem?"

"Temmelig tonet," svarede Erika med en antydning af stolthed i stemmen. "Det er fra al den motion, jeg laver i min fritid."

"Fortæl mig nu om din seksuelle oplevelse. Har du haft mange partnere?"

"Ikke rigtig," svarede Erika. "Mindre end 7, i hele mit liv. Jeg er mere en person af et forhold, end en der går rundt og leder efter one night stands."

Madamen smilede: "Og alligevel er du her, da du er eventyrlysten."

"Jeg ved det," rødmede Erika.

"Vil du beskrive dig selv som værende seksuelt eventyrlysten?"

"Ikke nøjagtigt."

"Hvad bringer dig så hertil?"

"Oplevelsen," svarede Erika. "Jeg vil gerne opleve noget nyt, bare for mig selv. Det er svært at forklare, men jeg vil gerne udforske min seksualitet, mens jeg stadig er ung. Det er jeg sikker på, du hører meget."

"Hele tiden," sagde Madamen indforstået. "Så kan du lide at eksperimentere med nye ting?"

"Ja, nogle gange. Hvem gør ikke?"

"Kan du lide at eksperimentere med anal?"

"Jeg har gjort det med et par af mine tidligere partnere. Ikke hele tiden, men det er sjovt en gang imellem."

"Trekanter?" spurgte Madamen.

"Ingen."

"Vil du være åben over for muligheden?"

"Jeg ville være åben over for det. Jeg ville ikke have noget imod, hvis det var med de rigtige mennesker. Især hvis jeg var, du ved, gruppens underdanige. Jeg ville ikke vide, hvad jeg skulle gøre ellers."

"Hvad med trældom?"

"Jeg har erfaring med let bondage. Ikke noget ekstremt eller hardcore. Bare hjemmelavede ting, med ting rundt omkring i huset, sådan noget. Heller ikke noget smertefuldt."

"Var din trældomsoplevelse tilfredsstillende?"

"Det var okay," svarede Erika sandfærdigt. "Jeg er ikke særlig erfaren med det. Det var mine tidligere partnere heller ikke. Det var på en måde at lege med en sjov lille fantasi."

"Trælsomhed er en kunst. Ikke mange mennesker er gode til det."

"Jeg er enig."

"Hvad med lesbiske møder," spurgte Madamen. "Har du nogensinde været sammen med en kvinde før?"

"Jeg har haft et par lesbiske oplevelser på college med en værelseskammerat. Intet siden da."

"Nød du det? Tænker du stadig på det?"

Erika smilede, "Ja og ja."

"Tror du, du er god til at spise fisse?"

"Det har jeg fået at vide, at jeg er."

"Alt taget i betragtning tror jeg, du ville være fantastisk med par. Du har sådan en naturlig gnist om dig, du er nysgerrig, åben og du svinger begge veje, når det er nødvendigt."

"Jeg har aldrig tænkt på at være sammen med et par før," svarede Erika. "Men det lyder gennemførligt. Det tror jeg, jeg er klar til."

Madamen nikkede. "Du er en meget attraktiv kvinde Erika, med en vidunderlig personlighed. Vi er glade for at have dig her."

"Tak skal du have."

"Nu fører det os til de sidste tre spørgsmål. De vigtigste spørgsmål. For det første, hvor underdanig er du? Fortæl mig om din underdanige side."

Erika samlede sine tanker. "Lige siden jeg blev et seksuelt menneske, vidste jeg, at jeg var underdanig. Måske forstod jeg det ikke med det samme, men jeg vidste, hvad jeg kunne lide. Jeg nyder at blive kontrolleret og 'taget' i soveværelset."

"Hvorfor?"

"Der er en frihed i at give slip. Når jeg får at vide, hvad jeg skal gøre, eller hvis jeg er bundet, er al kontrol tabt. For mig er der en frihed i det. Alt er ude af mine hænder. Jeg føler mig tryg og varm. Og jeg elsker følelsen af at være centrum for seksuel opmærksomhed. Min krop bliver tilbedt og brugt af min partner."

Der var en seksuel spænding i luften. Det var rå følelser. Erika gav slip under det optagede interview. Og Madamen nød hvert sekund af at se Erikas sårbare side.

"Nu det andet spørgsmål," sagde madamen. "Er du klar til at blive slave?"

"Jeg er."

"Hvorfor?"

"Jeg tager godt imod ordrer. Jeg nyder at få at vide, hvad jeg skal gøre, og hvordan det skal gøres. Selv med mit arbejde er jeg meget punktlig med alle min chefs ordrer. Jeg kan klare lette smerter. Så længe det ikke er for smertefuldt , jeg vil nyde det. Det er alt sammen en del af at være en god underdanig, ikke?"

"Du har ret," sagde Madamen indforstået. "Nu til det tredje og sidste spørgsmål. Hvorfor vil du på auktion for en nat?"

"Det er den ultimative underdanige fantasi. Du ved, at se bedst ud, blive beundret, så at blive købt af en totalt fremmed. Jeg elsker ideen om at blive brugt seksuelt af en, jeg aldrig har mødt. Det er meget tabu."

"Tror du, du kan klare presset?"

"Det tror jeg," svarede Erika.

"Hvordan ved du det?"

"Fordi jeg tror, jeg slipper af med det. Det er svært at forklare. Men jeg ved, at jeg vil nyde det. Jeg bliver helt sikkert nervøs, men jeg kunne klare det."

Madamen smilede og rejste sig elskværdig. Hun løftede videobåndoptageren fra stativet og holdt den i hånden. Så gik hun hen til Erika og stillede sig foran hende.

"Vi er færdige med spørgsmålene," sagde madamen og pegede kameraet ned mod Erika. "Den sidste del af processen er at se, om du faktisk kan præstere under pres."

"Okay."

Mens hun stadig pegede kameraet ned, løftede Madamen den nederste del af sin kjole og blottede sin bare skede.

"Nu skal du optræde for kameraet," sagde Madame. "Imponer mig."

Uden at tøve lænede Erika sig frem og pressede sine læber mod madamens bare hud.

***

Træningen var en meget uformel ting.

Når Erika havde ekstra tid væk fra arbejde, ville hun besøge Madamen samme sted, hvor hun foretog interviewet.

Der blev hun oplært i kunsten at være en ordentlig lydig slave.

"Du har meget at lære," sagde Madamen. "Heldigvis er du en naturlig begavet underdanig. Det bliver nemt at træne dig."

Og Madamen havde ret.

Erika var en naturlig. Hun var striglet i kunsten af god underdanig opførsel og ordentlig opførsel. Hun blev undervist i forviklingerne ved at give oralsex. Og hun blev lært den rigtige måde at slappe af, når hun var bundet.

Mens Erika levede sit normale liv, var auktionen altid i baghovedet. Da hun arbejdede som advokatfuldmægtig, tilbragte tid med sin mand, mor og søstre eller gik på café med sine venner, kunne hun ikke lade være med at tænke på den beslutning, hun havde taget.

En del af hende følte, at hun var skør for at gøre sådan noget. En anden del af hende vidste, at det var præcis, hvad hun ville. Madamen kørte trods alt en yderst professionel operation , og alt var sikkert.

Men hvis hun ikke gjorde det, vidste hun, at hun altid ville fortryde det.

Erika var i sit livs bedste. Hun var en voksen kvinde. Og hun havde valgt at træffe en beslutning , som ville påvirke hende for altid.

Auktionen

Det var natten til den store auktion.

Hun sad i et lille privat rum, mens en makeupartist ordnede hendes udseende. Det var en kort proces, og da det var gjort, åbnede Erika øjnene for at se, at hun var forberedt som en Hollywood-skuespillerinde klar til en stor premiere. Perfekt på alle måder. Hendes hår var også blevet pænt lavet.

Makeupartisten forlod lokalet, og Erika stod foran en lille garderobe og besluttede, hvad hun skulle have på.

Efter en kort overvejelse besluttede hun sig for et par gennemsigtige sorte bh og trusser. Hun bar det lille tøj og undersøgte sig selv i spejlet. Dernæst kom de høje hæle på hendes fødder, og hun kiggede igen på sig selv.

Erika kunne næsten ikke genkende sit spejlbillede.

Væk var den uddannede advokatfuldmægtig. Væk var nabopigen. Væk var den rette unge kvinde.

Der stod Erika, slaven, komplet med glamourøs make-up, velsyet hår og en bh, der var tynd nok til at afsløre farven på hendes brystvorter.

Da hun så på sit spejlet, spekulerede hun på, hvem hendes køber ville være. Ville det være en mand? En kvinde måske? Ville personen være blid eller ru?

Gud, hun håbede, at personen ville være blid. Erika var en kvinde, der kunne lide, at hendes underkastelse blev behandlet med kærlighed og omsorg. Hun var en kærlig underdanig. Det var den slags, hun kunne lide. Hun ville have en tankevækkende dominant. Uanset hvad var hun parat til at acceptere resultatet. Hun var en voksen kvinde, der tog et valg om at være der.

Det var trods alt hendes store fantasi.

Der blev banket på døren.

"Kom ind," sagde Erika.

Døren gik op, og madamen kom ind iført en smuk lang rød kjole. Hendes make-up var også lavet pænt. Madamens øjne så op og ned ad den underdanige, tilfreds med det hun så.

"Smukt som altid," komplimenterede Madamen og lukkede døren.

"Tak skal du have."

Madamen holdt en sort krave, og med det samme vidste Erika, hvad det var for noget. Men madamen talte ikke om halsbåndet, i hvert fald ikke endnu.

"Hvordan har du det?" spurgte Madamen. "I det hele taget nervøs?"

"En lille smule. Delvist spændt."

"Jeg kan forsikre dig om, at det er en meget normal følelse for en kvinde i din stilling. Det er helt sundt."

" Jamen jeg er glad for at høre det."

"Du klarer dig fint," beroligede Madamen. "Mentalt er du på det rigtige sted. Og vi har så mange fantastiske mennesker, der ønsker at købe en slave i aften. Du vil være i gode hænder."

Erika smilede, "Jeg er meget glad for at høre det."

"Hvad er dit største håb for natten?"

"At få den anonyme fremmede til at presse mig til grænserne. Jeg vil gerne udforske. Jeg mener, det er formålet med alt dette, ikke?"

Madamen nikkede og gav et lille smil. " Ja det er det . Og jeg kan love dig, at dit ønske om at blive skubbet vil blive opfyldt. Ser du, de kunder, der kommer her for at købe slaver, er meget erfarne. De ved præcis, hvad de laver. Så din underdanige side vil være glad, når natten er forbi."

"Du gør mig endnu mere nervøs, men på en god måde."

"Vær ikke nervøs," svarede Madamen elskværdigt. "Sig mig nu, hvad er din største frygt?"

"At den, der køber mig, vil være uvenlig. Du ved, den slags. Jeg kan ikke lide smerte, ikke den dårlige slags alligevel."

Madamen smilede, "Jeg kan forsikre dig, det vil ikke ske. Alle vores medlemmer og kunder vil håndtere dig med den største omhu."

"Det er, hvad jeg har hørt. Og det er en del af grunden til, at jeg har besluttet at blive slave her."

"Apropos det, det er næsten tid. Du kan vente her, hvis du vil, eller bag scenen. Mine assistenter vil guide dig til scenen, når det er din tur."

Erika tog en dyb indånding. "Sommerfuglene i min mave. Gud. Jeg er nervøs. Men jeg er klar."

Madamen gned den trænede slaves skuldre. Det blev gjort på en moderlig og kærtegnende måde.

"Du er en stærk kvinde. Du kan gøre det her."

"Jeg ved, jeg kan. Jeg er faktisk meget spændt."

"Fremragende," smilede Madamen. "Nu en sidste ting."

Madamen holdt en sort krave op med sin finger og snoede den legende rundt. Erika vidste præcis, hvad hun skulle gøre, og hun løftede sit hår, så hendes nakke var blottet.

Madamen viklede kraven om Erikas hals, mens de vendte mod spejlet. Det var en krave med sølvbogstaverne SLAVE på den forreste del af halsen.

Erika fortsatte med at holde sit hår op, mens hun kiggede på sit spejlbillede i spejlet, mens Madamen satte en snor på bagsiden af kraven.

Og alt var komplet. Erika var i fuld slavedragt, klar til at blive auktioneret til højestbydende.

"Du ser fantastisk ud," hviskede Madamen i hendes øre. "Jeg er lidt ked af, at jeg ikke vil være i stand til at se dig blive kneppet i aften. Men jeg ved, at det bliver en fantastisk oplevelse for dig. Auktionen begynder snart."

Madamen gav slaven et kys på kinden og forlod derefter rummet.

***

De fleste har en idé om, hvordan en auktion ser ud. Når folk tænker på auktioner, tænker de på en fyr, der taler hurtigt på scenen, og deltagere, der rækker hænderne op for at afgive bud på den vare, der er til salg.

Dette var lignende. Men også meget anderledes.

Erika stod bag scenen i sit lille gennemsigtige tøj og sorte krave og lyttede, mens madamen gennemførte auktionen.

Hver slave blev solgt med omhu og behandlet, som om de var værdsatte ejendele, som om de var de største skatte i verden. At lytte til auktionen, der blev gennemført, fik hendes hjerte til at banke og hendes fisse våd.

Endelig var det hendes tur.

"Mine damer og herrer," sagde Madamen til tilhørerne. "Dernæst har vi en meget speciel forkælelse. Hun er ny i slaveoplevelsen. Men hun er også meget forberedt. Velkommen, den smukke Erika."

Det lille publikum gav et let bifald, da Erika stadig var backstage. To letpåklædte kvinder henvendte sig til Erika og tog hende i snoren. Kvinderne sagde ikke et ord.

Erika blev ført til midten af scenen. Da Erika stod i centrum under rampelyset, stod kvinderne ved siden af hende sammen med Madamen, der talte i en mikrofon.

Selvom hun gjorde sit bedste for at bevare en ordentlig dame-lignende ro, hamrede hendes hjerte rasende. Det var et mørkt rum. Men hun så svagt menneskemængden. Der må have været mindst 50 mennesker der. Hun kunne mærke, at de alle var ekstravagant klædt.

Mændene havde pæne jakkesæt på. De få kvinder i lokalet bar smarte kjoler. Det var en fornem affære, og de var der alle sammen for sex.

"Dette er den smukke Erika," sagde Madamen. "Om dagen er hun en professionel karrierekvinde, der arbejder som juridisk assistent. Men hendes fantasi er at blive behandlet som den gode slave, hun blev født til at være. Hun er underdanig på alle måder. Og tro mig, jeg har fandt ud af det selv."

Madamen knækkede med fingrene, og kvinderne på scenen fjernede Erikas bh og efterlod hendes bryster blottede. Så trak kvinderne Erikas trusser ned.

Åh gud, Erika mærkede hendes fisse rykke. Hun var den eneste nøgne person i rummet fyldt med velklædte mennesker. Alle øjne var rettet mod hende. Det skarpe spotlys var fokuseret på hendes bare krop.

Madamen fortsatte. "Som du kan se, er hun fysisk perfekt. Som 28-årig yogaudøver er hun i sit livs prime. Bryster formet som modne pærer. Udstående lyserøde brystvorter, som er følsomme og lavet til at blive suttet. Tonede arme, som var lavet til at blive grebet, mens hun bliver taget. En fleksibel krop, lavet til at blive bøjet i enhver form, mens den blev henført. En mund, der var lavet til at sutte. En numse lavet til analsex. Og en fisse, der var lavet til at holde ud."

Øjnene i rummet stirrede på Erikas nøgne krop.

Madamen fortsatte: "Den slave, du ser, er meget dygtig i kunsten at oralsex. Især inden for kunsten at kvindelig tilfredsstillelse. Jeg kan fortælle dig dette fra førstehåndserfaring. Hun er også fortrolig med mandlig tilfredshed. Hvilket gør hende perfekt til ægtepar."

Erika stod stille, og hendes øjne betragtede rummet. Selvom rummet var mørkt, kunne hun stadig se de svage udtryk fra mennesker i rummet, og så dem savle ved tanken om at få fingrene i hende.

Madamen fortsatte: "Selvom hun nyder let trældom, er hun en sart killing og skal behandles med den største venlighed og respekt. Hun er trods alt en meget speciel pige."

Inderst inde var det alt, hvad Erika havde håbet på. Det var langt mere skræmmende end forventet, men hun fik den mærkelige ekshibitionistiske spænding, hun ledte efter den aften.

"Startbuddet er $5.000 for denne slave," sagde madamen.

Pludselig lysnede lysene i rummet lidt, og det var ikke så mørkt mere. Erika havde et bedre overblik over publikum, og det gjorde hende kun mere nervøs. Hun var i stand til at se ansigterne på personerne i rummet. Det var langt mere skræmmende. Og det var også langt mere ophidsende.

Da buddene kom, kunne Erika næsten ikke høre noget. Hendes sind snurrede. Det var et kæmpe hastværk. Hun kunne næsten ikke høre, men hun var i stand til at se hænderne gå op, i hvad der så ud til at være slowmotion, da folkene i rummet afgav deres bud på Erikas krop og seksuelle tjenester.

Erika blev revet ud af trancen, da hun hørte følgende ord.

"Solgt! Til gæst nummer 38, for $15.000."

Det var det øjeblik, hvor Erika vendte tilbage til virkeligheden.

***

Da auktionen var slut, stod slaverne lydigt i en velordnet række, iklædt deres små dragter, og stod bag scenen. De var alle med halsbånd og klar til at blive sendt til deres nye ejere.

Erika nød følelsen af at være solgt. Hun ville møde sin nye mester. Det var spændende. Hun håbede, han ville være en sød fyr. Hun ønskede af hele sit hjerte, at det ville blive en mindeværdig oplevelse. Hun spekulerede på, hvilke slags feticher hendes nye ejer havde. Måske ville han bare kneppe? Intet galt med det.

Det var alt sammen en del af oplevelsen af at blive solgt. Nysgerrigheden fik hendes sind til at snurre og hendes fisse våd.

Madamen kom og lykønskede personligt alle slaverne. Så forsikrede hun dem om, at natten kun var begyndt.

Hun rakte et stykke papir til hver slave, så blev de eskorteret væk af letpåklædte kvinder.

Dernæst var det Erikas tur.

"Du er en meget heldig killing i aften," sagde madamen.

Hun rakte Erika et lille stykke papir, som havde tallet 930 på. Det var værelsesnummeret, hvor hendes ejer ville være.

"Tak skal du have."

"Din nye ejer har noget særligt til dig," sagde madamen. "Er du klar?"

"Jeg er."

"Det er det, jeg kan lide at høre. Du klarer dig fint. Stol på dine instinkter og nyd din første slaveoplevelse. Det underdanige indeni i dig vil få den fornøjelse, det med rette fortjener. Okay?"

Med det lænede Madamen sig frem og gav Erika et blidt kys på læberne. Da kysset sluttede, så de hinanden i øjnene, og Erika blev eskorteret væk af snoren fastgjort til hendes krave.

Natten

De to letpåklædte kvinder førte Erika til elevatoren og derefter op til værelset. Ingen af dem sagde et ord. Kvinderne talte ikke. Og Erika var for nervøs til at sige noget.

Erika havde stadig kun sin gennemsigtige top og små trusser på. Og hun blev ført af snoren på hendes krave.

Da de ankom til værelset, bankede kvinden på døren, så åbnede hun den.

Erika blev ført ind i rummet, hvor hun stod ved indgangen med en perfekt dame-lignende holdning, sådan som en god slave skulle stå, og de to kvinder gik og lukkede døren.

Hun blev efterladt alene med sin køber.

Selve værelset lignede et fancy hotelværelse. Det var pænt, meget rent, og der var en stilfuld mening med det. Kun nogle af lysene var tændt. Rummet var en blanding af lys og mørke.

På stolen sad der en mand. Han var klædt i et skarpt jakkesæt, og hans ansigt var delvist dækket af mørke. Gennem det svage lys regnede Erika med, at manden måtte have været i 30'erne eller begyndelsen af 40'erne. Der så ikke ud til at være nogen udtryk i hans ansigt.

Der var en smuk sort kjole placeret pænt på et bord.

På sengen lå der en nøgen kvinde. Hendes håndled bundet til sengestolperne. Hendes ankler var bundet fra hinanden til de nederste sengestolper, og hun var i en spredt ørnestilling. Der var et bind for øjnene, der dækkede hendes øjne. Og en rød kuglegage i hendes mund.

Erika mærkede sin adrenalin vende tilbage ved det surrealistiske syn. Hun vidste ved synet af tingene, at hun var i hænderne på en professionel dom. Ikke en amatør. Ikke nogen, der eksperimenterer. Men en ægte professionel.

"Klæd af," sagde manden henkastet. "Også dine hæle. Men lad din krave sidde på. Jeg nyder snoren."

"Ja Hr."

Erika adlød. Hun fjernede sin top for at afsløre sine pæreformede bryster. Hun fjernede sin underdel, hendes tonede atletiske ben udstillet sammen med sit glatbarberede skridt. Og hun fjernede hælene.

Inden for disse korte øjeblikke stod Erika helt bar foran sin nye ejer. Hun var helt nøgen bortset fra SLAVE-kraven om halsen, med snoren stadig hængende ned.

Hun var ikke nervøs længere. Efter at have stået nøgen på scenen i et rum fyldt med mennesker, kunne hun klare hvad som helst på dette tidspunkt.

"Jeg hedder Richard," sagde manden. "Den nøgne kvinde, du ser på sengen, er Kelly."

"Hej Richard," svarede hun og prøvede at lyde hjertelig. "Jeg er Erika."

"Velkommen, Erika. Du må blive overrasket."

"Hvorfor?"

"At jeg købte dig, mens min kone er bundet nøgen på sengen."

Så den bundne nøgne kvinde i sengen var Richards kone. Erika var oprigtigt overrasket, men på den gode måde. Hun havde et åbent sind den aften og var klar til alt.

"Det er bestemt uortodoks," svarede Erika. "Men vi har alle vores fantasier i livet. Og jeg er ikke nogen, der skal dømme."

"Ikke når du har snor om halsen."

"Ja."

"Jeg valgte dig af et par grunde," sagde Richard. "For det første er du meget smuk. For det andet er du ny i det her. For det tredje kan min kone lide dig. For det fjerde er du tilsyneladende meget god til at glæde andre kvinder."

Erika nikkede. "Jeg har fået at vide, at jeg har det talent."

"Godt, for min kone har aldrig haft fornøjelsen af kvindelig tilfredsstillelse før. Hun er dog interesseret."

Erika så over på den nøgne kvinde, der var bundet, bind for øjnene og kneblet.

"Jeg er sikker på, hun er en dejlig person."

"Og også meget underdanig," tilføjede Richard. "Du ser, som du har nævnt tidligere, min kone og jeg har et meget uortodoks ægteskab. Jeg er hendes mand. Og jeg er også hendes dom. Hun er min kone. Og hun er også min underdanige. Vi elsker hinanden højt. . Og vi tager os af hinandens behov."

"Jeg forstår det, sir."

"Vær venlig, kald mig Richard."

"Okay, Richard."

Han fortsatte: "I dag er en meget speciel dag. Det er vores 10 års jubilæum. Det er simpelthen ikke nok at binde hende derhjemme og få hende til at komme. Nej. En dag som i dag skal være speciel. Det er derfor, jeg har bragt hende hertil. Og det er derfor, jeg har købt dig som min slave for natten."

Fantasien var kommet til live. Erika mærkede hendes nerver forsvinde og hendes fisse blev vådere. Gud, hun var klar til det her.

"Jeg vil meget gerne hjælpe på enhver måde, jeg kan."

"Har du nogensinde underholdt et ægtepar?"

"Ingen."

"En trekant?"

Erika rystede på hovedet. "Ingen."

"Du er ikke særlig erfaren, vel?"

"Nej, jeg undskylder. Jeg gjorde det klart for Madamen, at jeg er ny i denne verden. Så tilgiv mig, hvis jeg ikke er på niveau. Men jeg lover at gøre mit bedste."

"Du skal ikke undskylde," svarede han. "Jeg har heller aldrig haft en trekant før. Og jeg har aldrig introduceret en anden partner til Kelly før. Det er derfor, du er perfekt til det her. Vi kan udforske det her sammen."

Erika nikkede. "Det vil jeg gerne."

"Vil du? Vil du smage min kones fisse, mens jeg henriver dig bagfra?"

"Ja."

"Vil du begynde?"

Erika nikkede. "Ja."

"Nå, slave, min kones fisse er vidt åben. Jeg er sikker på, at hun er dryppende våd nu. Hvorfor går du ikke videre og smager?"

"Tak skal du have."

Erika nærmede sig den bundne og hjælpeløse kvinde på sengen. Jo tættere hun kom, jo tydeligere så hun kvindens nøgne dele. I det delvist oplyste rum så Erika kvindens brune brystvorter og glatbarberede skedeområde.

Det var et surrealistisk øjeblik, og Erika var ved at udføre oralsex på en kvinde, som hun aldrig havde mødt før. En kvinde, der var bundet og bind for øjnene. En kvinde, der ikke engang kunne tale, da en gag var i hendes mund.

Og det var ikke en hvilken som helst kvinde. Det var Kelly, ejerens kone.

Erika stillede sig på sengen mellem Kellys ben. Hun spekulerede på, hvad Kelly måtte have tænkt, om hun nød dette eller ej. Hun spekulerede på, om dette virkelig var Kellys fantasi.

Spørgsmålet blev besvaret, da Erika bøjede sig ned og kiggede nærmere på den spredte ørnekusse. Indeni var kusse våd. Væsker glitrede. Det var ikke raketvidenskab at fastslå, at Kelly var meget ophidset. Det var der ingen tvivl om.

Erika gned Kellys lår og lukkede sig om midten. Så lænede hun sig frem og gav kusse et pænt kys. Det fik Kelly til at ryste. Efter endnu et slikke, syntes Kellys ben at rykke. Erika slikkede op og ned som en god slave.

"Fortæl min kone, hvordan hun smager," sagde Richard.

"Hun smager fantastisk."

"Sig det til min kone."

Erika kiggede opad på den med bind for øjnene og kneblede kvinde. "Du smager fantastisk Kelly, det gør du virkelig. Jeg er helt vild med din smag. Jeg elsker den. Jeg elsker smagen af din fisse på min tunge."

Der kom en klynkende lyd fra Kelly, men den blev dæmpet af boldkneben i hendes mund.

"Godt sagt," roste Richard. "Fortsæt nu med at slikke. Få hende til at komme."

Erika fortsatte sit arbejde og fokuserede sin mundtlige opmærksomhed på den våde fisse. Alt imens fortsatte den bundne kone med at stønne med gagen i munden og vride sig i sengen.

Da Erikas tunge var begravet dybt i kusse, dygtig slikkede op og ned, undrede hun sig over den kvinde, hun var glad for. Hun spekulerede på, hvordan Kelly var i sit almindelige liv, hvad hun levede af, hvilke hobbyer hun havde, hvilken slags mad hun kunne lide at spise, hvilke tv-programmer hun kunne lide at se.

Nysgerrigheden gjorde kun den seksuelle tæller så meget varmere. Måske ville Erika finde ud af alle svarene, når de kunne tale og blive venner en dag. Eller måske ville de aldrig tale med hinanden, nogensinde. Hvem ved?

Men det eneste, der betød noget på det tidspunkt, var at glæde Kellys fisse. Det var Erikas eneste job - indtil videre.

På arbejdet tog Erika altid godt imod ordrer, og hun fulgte altid op. Nu var hendes chef Richard, og hun var blevet beordret til at lade hans kone komme.

Hendes tunge fortsatte med at strøg op og ned. Hendes læber forblev presset mod fussen. Og en gang imellem gav hun kusse et godt sug og sludrede på de naturlige safter.

Hver handling gav Kelly en lige stor reaktion, da hun lagde sig bundet på sengen. Konen trak i rebene, som bandt hendes håndled. Og hun trak i rebene, som bandt hendes ankler. Hendes stønnende lyde blev dæmpet af den røde kuglekneb i hendes mund.

Erika arbejdede hårdere, da hun vidste, at hendes mundtlige teknik virkede og opnåede den ønskede effekt.

"Hendes tæer vrikker," sagde Richard. "Det betyder, at hun er tæt på at opnå en orgasme."

Det var dengang, Erika arbejdede endnu hårdere. Hun slikkede hårdere og hurtigere. Hun pressede sine læber strammere og suttede med stigende intensitet.

Kelly vred sig hårdt og rykkede i rebene, som holdt hende bundet. Hun stønnede hårdt, men det blev undertrykt af boldkneglen.

"Svale," sagde Richard til slaven. "Min kone er en sprøjter. Jeg er nødt til at advare dig. Og jeg vil have, at du sluger det, hvis det er i orden."

"Mmm hmm" anerkender slaven.

Sikkert nok kom orgasmen, og den kom på en spektakulær måde. Erika fortsatte med at sutte og slikke, og Kelly fik en kraftig orgasme.

Et sus af væske fossede fra Kellys fisse og ind i Erikas mund. Det kom i flere omgange, og Erikas mund var ubønhørlig ved at synke. Kellys krop rykkede og vred sig, mens Erika fortsatte med at bearbejde sin mundtlige magi med sin højt trænede mund.

Da det var gjort, holdt væskerne op med at komme ud, og Kellys krop forblev stille, mens hun trak vejret tungt gennem næsen.

Erika sad oprejst med fissejuice over hele munden, som et frisk lag våd make-up.

"Bravo," sagde Richard henkastet. "Du gjorde et fantastisk stykke arbejde."

"Tak sir ."

" Så fortæl mig, hvordan smager min kone?"

"Lækkert, sir."

"Erika, min slave, jeg skal kneppe dig nu. Og jeg skal kneppe dig i røven."

Hun slugte. "Ja Herre."

"Vi kommer ikke til at gøre det i en normal position. Forstår du det? Det bliver noget andet. Noget du aldrig har gjort før."

"Mit sind og krop er åbne for dig."

Richard nikkede tilfreds. "Rejs dig på alle fire. Stil dig over min kone. Du kommer til at se hende i øjnene."

Hun slugte igen. "Ja Herre."

Erika rejste sig på alle fire , og hun placerede sig over den nøgne kvinde, som hun lige havde givet en intens lesbisk orgasme. Ikke en hvilken som helst kvinde. Men konen til hendes nye ejer for den nat.

Da hun var i position, var hun kun få centimeter væk fra Kellys ansigt. Selv med bind for øjnene og gag kunne Erika fortælle, at Kelly havde meget smukke ansigtstræk , og hun undrede sig over, hvordan Kelly så ud uden trældom.

Da hun indtog stillingen, hørte hun Richard rejse sig og tage sit tøj af. Hun så ikke på ham. Hun forblev simpelthen i position, på alle fire, direkte over den bundne kone.

"Min kone er en fantastisk kvinde," sagde Richard til slaven.

Lige da hørte Erika lyden af en flaskelåg, der blev åbnet. Hun vidste med det samme, at det var smøring. Hendes mistanke blev bekræftet, da hun mærkede Richards finger, belagt med glidecreme, presse mod hendes anus.

Den smurte finger blev skubbet ind i Erikas numse.

Han fortsatte: "Kelly har været min underdanige kone i 10 år. Loyal og dyrebar på alle måder. I aften er noget nyt for os."

Fingeren bevægede sig ind og ud og dækkede Erikas endetarmsvægge.

Han fortsatte: "Dette er til dels hendes fantasi. Hun ønskede at blive bundet i sengen, mens en kvinde spiste hendes fisse. Selvom hun ikke kan tale eller se i øjeblikket , kan jeg fortælle, at hun elskede det. Hendes kropsreaktioner er let at læse. Den måde, hendes tæer krøllede og hendes ben rystede, betyder, at hun fik en intens orgasme. Væsken fra hendes fisse bekræftede det kun."

Richards finger trak sig væk. Så pressede han spidsen af sin erektion mod Erikas lille anus.

Han tilføjede. "Vil du se hende? Vil du kysse hende?"

"Ja sir," nikkede Erika. "Jeg ville."

"Hvorfor?"

"Vi har delt en særlig oplevelse sammen. Og jeg synes, hun er smuk."

"Hun er smuk," sagde Richard. "Gå videre, se selv. Fjern bind for øjnene. Fjern gagen fra hendes mund."

Erika forpligtet. Hun fjernede forsigtigt bind for øjnene, så fik de to kvinder pludselig øjenkontakt. Erika så konen i øjnene. Og Kelly så kvinden, der lige havde spist sin fisse og givet hende en lesbisk orgasme.

Så fjernede Erika den røde kuglekneb, og pludselig blev Kellys mund befriet og gispede efter dybe vejrtrækninger.

Erika var glad for endelig at se ansigtet på den smukke kone. Og hun spekulerede på, hvordan Kellys stemme lød, eller om de rent faktisk ville sige noget til hinanden.

Men det skete ikke, ikke endnu.

Richard skubbede sin pik ind i Erikas numse, og slaven udstødte en lille hylende lyd. Hanen gik dybere, og Erikas øjne udvidede sig og hendes mund åbnede sig, mens hun stadig så Kelly i øjnene.

"Kan du lide min kone?" spurgte Richard, med sin pik begravet dybt inde i slavens røv.

"Ja... sir. I høj grad."

Han trak sig tilbage, skubbede så, hvilket fik Erika til at gispe.

"Vil du kysse hende?" spurgte han.

"...åh...ja sir."

"Så gør det. Hun har aldrig selv kysset en pige før. Du bliver hendes første."

Erika bøjede sig ned og kyssede den tilbageholdne kone, mens en pik begyndte at henrykke hendes røvhul. Det var officielt Erikas første trekløver. På det tidspunkt mærkede hun, at hendes røv blev stimuleret af Richards hårde pik, og hendes læber blev stimuleret af den bløde mund i Kelly.

Det forbandede fortsatte, og Erika mærkede, at hendes røvhul vænnede sig til, at hanen bankede hende. I alle hendes år med anal erfaring var det aldrig blevet gjort så hårdt før. Hun var vant til blid analsex. Men i aften var ikke aftenen for blid sex. I aften var hun en slave. Og hun var en slave, hvis ejer ville kneppe hendes røv hårdt.

Mens det forbandede fortsatte, fortsatte Erika med at kysse Kelly på munden. Det blev et sjusket vådt tungekys. Erika elskede følelsen. Og hun elskede især det faktum, at Kelly aldrig før havde kysset en kvinde. Der var en erotisk spænding ved at tage Kellys lesbiske mødom.

"Nyder du hård sex?" spurgte ejeren.

Hun kæmpede for at tale. "Ja Hr."

"Lad mig vide, hvis det bliver for meget. Jeg vil aldrig såre dig, min skat. Men jeg vil virkelig gerne have dig til at komme. Jeg vil have, at du kommer som min kone."

Det anale knep blev hårdere og mere intenst, da Richard tog fat i snoren og forsigtigt trak, hvilket lidt kvalte Erikas krave. Som følge heraf blev hendes vejrtrækning mere begrænset , og hun mærkede en klemt stramhed omkring halsen.

Erika holdt op med at kysse den bundne kone, da anal-fucking blev sværere. Det blev sværere og sværere, og sengen begyndte at ryste. Erika mærkede, at presset voksede inde i hende, da hendes røv blev banket.

"Åh gud," klynkede Erika, mens hendes hals blev klemt. "Min røv... min røv..."

På det tidspunkt blev Erikas bund ved at blive banket så hårdt, at hendes små pæreformede bryster begyndte at bølge frem og tilbage. Der kom tårer i hendes øjne , og hun fortsatte med at lave små klynkelyde.

Snoren blev trukket hårdere, og kraven blev strammet, hvilket gav Erika mindre luft at trække vejret.

Endnu værre, mens Richard fortsatte med at trække i snoren med den ene hånd, brugte han sin anden hånd til at nå nedenunder og kæle for Erikas følsomme brystvorte. Han klemte og vred den. Bastarden. Han kendte hendes svaghed. Han kendte hendes følsomme sted, og han udnyttede det under sex. Hendes lyserøde brystvorte var i smerte. Men det var også en kilde til stor glæde for hende.

Hendes mund lavede korte gryntelyde. Hendes øjne lukkede. Hendes krop var stiv, da hun udholdt røvbankerne, vejrtrækningsbegrænsninger og brystvorter. Og hendes hænder knugede lagnet hårdt sammen. Følelsen af intens analsex og seksuel stimulation var ved at opbygge inde i slaven, og Richard fornemmede det nemt.

"Cum, min slave," gryntede Richard. "Spray som min kone gjorde."

Han slap hendes brystvorte, og i stedet rakte han ned og legede kyndigt med Erikas ømme klitoris, mens han henrivede hendes røvhul med sin oprejste pik. Det var tydeligt for Erika, at hendes ejer var velbevandret i denne stilling, og han må have gjort det mange gange med sin kone Kelly. Sådan en heldig kvinde, tænkte Erika.

Snoren blev trukket hårdere , og kraven blev strammere om Erikas hals, hvilket forhindrede hende i at skrige.

I stedet for skrig kom der korte åndedrag ud af Erikas mund, da hun nåede sin orgasme. Hendes ryg buede opad, mens hendes røv blev ondskabsfuldt banket, og hendes klit blev rasende gnedet.

"Min røv," klynkede hun sagte, mens hendes stramme lille røvhul fik en hård strækning. "Min røv."

Det var hendes tur til at komme. Og det var også hendes tur til at sprøjte. Et par strømme af væske skød fra Erikas fisse og ind på Kellys krop. Hun kom ikke så meget som Kelly gjorde. Erika var ikke rigtig en naturlig sprøjter. Men hun sprøjtede nok til at komme med en udtalelse.

Og den udtalelse var, at sexen var fandme fantastisk, og at hun elskede at være slave for det ægtepar.

Grebet om snoren blev langsomt frigivet, og kraven føltes mindre begrænsende. Erika mærkede luften komme tilbage til hendes lunger og hendes nakke og hals i ro og mag. Mellem den intense orgasme, hun følte, og kraven blev løsnet, bemærkede Erika knap det faktum, at Richard lige var kommet inde i sit røvhul.

"Jeg er færdig," sagde Richard og slap helt grebet om snoren. "Nu er det tid for dig at blive renset."

Erika genkendte insinuationen i hans stemme. Hun forblev stille et øjeblik og trak vejret tungt. Hun ønskede at genvinde sin ro, før hun taler med sin ejer igen.

Det var alt sammen en del af at være en ordentlig slave.

"Hvordan vil du have mig til at gøre det, sir?" spurgte hun med en velkomponeret ordentlig stemme.

"Tryk din underdel mod min kones ansigt. Hun vil rense dig."

Erika var chokeret. Men da hun kiggede ned, så hun et villigt blik i Kellys ansigt, som gav et lille nik for at lade Erika vide, at det var okay.

Da hanen var trukket fra Erikas røv, kravlede hun opad og satte sig oprejst, placerede sit røvhul lige over Kellys mund, og hun sænkede sig. Inderst inde havde Erika det lidt dårligt over at være i den position, men det var ikke hendes opfordring. Det var, hvad hendes ejer ønskede. Og at dømme efter den lydige slikke hendes røv pludselig følte, Kelly ville det også.

Da Erika mærkede sit røvhul blive slikket og renset af den bundne kone, lukkede hun øjnene og nød øjeblikket. Det var langt den skøreste aften i hendes liv. Intet var nogensinde kommet i nærheden.

På mange måder var det at blive auktioneret det bedste, der nogensinde er sket for hende. Det gav hende en følelse af selvtillid. En følelse af, at hun kunne alt. Hun havde aldrig følt sig så godt tilpas i sin egen hud.

Det var seksuel frigørelse, når det er bedst.

Kellys tunge gik lidt dybere inde i anus for at suge spermen, og Erika følte sig som en tilfreds slave. Hun spekulerede på, om hun nogensinde kunne gøre dette igen, og med hvem?

Epilog:

Et år var gået , og Richard havde lovet Kelly noget særligt.

Han var kommet tidligt hjem fra arbejde. I mellemtiden var Kelly lige vendt tilbage efter en lang dag på kontoret. Hun var stadig klædt i sit kontortøj.

Da hun kom hjem, fik hun besked på at tage sine sko af og lægge sin pung fra sig.

"Kan jeg i det mindste skifte tøj først?" hun spurgte. "Jeg kunne nok også godt bruge et brusebad."

"At lade dig gøre det ville ødelægge overraskelsen."

Kelly smilede: "Endnu en skør gave til vores 11 års jubilæum?"

"Det er rigtigt," sagde han og tog et bind for øjnene op af lommen.

Hun så skeptisk på ham, men var enig. Hun bar bind for øjnene, og Richard førte hende op ad trappen, ned ad gangen, til deres soveværelse.

Da de nåede målet, spurgte Richard, om hun var klar, og det sagde hun, at hun var.

Blindfoldet blev fjernet.

Kellys kæbe faldt næsten ved synet af en nøgen kvinde, bundet i deres ægteskabelige seng. Den nøgne kvinde havde sine håndled og ankler bundet sammen med reb. Hun lå i knælende stilling med røv peget udad.

Det var dog ikke en hvilken som helst nøgen kvinde. Det var en, der virkede bekendt. En som Kelly var i stand til at genkende baseret på den nøgne bagside.

"Er det...Erika?" hun spurgte.

"Hvorfor smager du ikke og finder ud af det?"

"Gjorde du..."

"Jeg købte hende til i aften. Eller længere, hvis du vil. Hun kan være vores slave, når vi har brug for hende. Hun er mere end villig."

"Du er for meget," sagde Kelly med et lille smil og rystede blidt på hovedet i vantro.

"Fortsæt, smag dig skat."

Kelly gav sin mand et tvetydigt blik, så nærmede hun sig den bundne slave, faldt på knæ og spredte slavens bund endnu længere med begge hænder. Kelly begyndte at udføre oralsex på Erikas røvhul og fisse.

Mens hun fortsatte med sit mundtlige arbejde, hørte hun lyden af Richard, der åbnede en skuffe. Hun forsøgte at ignorere det og fokusere på at behage slaven mundtligt. Men hun kunne ikke ignorere det, da Richard placerede en lille æske på sengen, lige ved siden af slaven.

Gennem øjenkrogen så Kelly, hvad der var i den lille æske. Det var et nyindkøbt strap-on kit, og Kelly vidste, at det ville blive endnu en lang nat.

DEN MUSLIMSKE HUSTRU

43

En af de unikke ting ved herregården var, at ingen af værelserne havde døre. Så enhver kunne se hvad som helst på ethvert givet tidspunkt.

Dette var aldrig noget, Samira nogensinde havde forestillet sig at være en del af. Hun var en god muslimsk kvinde. Hun var her kun, fordi hun for mange år siden havde arvet sin fars marokkanske rederi, og gennem smarte og kloge forretningsbeslutninger var hun i stand til at skabe en mindre formue til sig selv.

Den succes gjorde det muligt for hende at leve ekstravagant i Amerika. Ikke alene var hun blevet en velhavende forretningskvinde , men hun skabte også et navn for sig selv i den filantropiske verden og gnidede sig skuldre med både store kendte berømtheder og politikere.

Nu var hun her, i stueetagen af 'The Bondage Manor', som mange af de elitære gæster uofficielt havde navngivet det. Hun var her kun på grund af sin mand Michael, som var britisk statsborger og en velhavende teknologiinvestor med alle de rigtige forbindelser (inklusive et sted som dette).

Hun var en 35-årig jomfru, da de giftede sig for måneder siden, og hun kunne stadig ikke tro, at han havde overtalt hende til at deltage i en hedonistisk begivenhed som denne. Det var en forsinket bryllupsgave , havde Michael fortalt hende. En gave fra sin nærmeste ven, tilføjede han.

Alle gæster var upåklageligt klædt til lejligheden. For hendes del omfattede Samiras ensemble en slank hvid kjole, hæle og smarte smykker. Hendes lækre, bølgede sorte hår var skilt ned i midten og flød frit; præcis som hendes mand foretrak. Det fik hende til at se udsøgt dragende ud, som han ofte ville sige.

Hun så sig omkring og håbede, at der ikke var nogen, der ville genkende hende. Det gjorde ingen. Gæsterne hos for det meste midaldrende par, alle hvide, havde for travlt med at fokusere på de forskellige præmier, der var på auktion.

Letpåklædte kvinder stod på forskellige platforme, mens gæster kom med bud på dem, de ønskede. Kvinderne var alle attraktive. Unge voksne. Forskellige etniciteter og baggrunde. Og det glædede Samira at se, at hver af de unge underdanige nød at være der, med behagelige og forførende smil på deres charmerende ansigter.

"Har det sjovt?" hviskede Michael forførende ind i hendes øre. "Du begynder at se mere tryg ud ved at være her."

Samira holdt sin mand tættere på. "Det vil jeg ikke sige. Jeg er stadig meget nervøs."

"Vi er snart på vores eget værelse med mere privatliv. Hvem interesserer dig?"

Hun vurderede sine muligheder nærmere. Sandheden var, at hun ville have været glad for enhver af de underdanige. Som nygift kvinde var det stadig en vidunderlig fornøjelse at have sex med sin mand, der efterlod hende uden tilfredshed. Michael var god i sengen, og alle hendes sansefornøjelser var blevet opfyldt.

Men ideen om at udforske med en anden kvinde var en unik mulighed for at skubbe grænserne for hendes seksualitet endnu længere. Hun forenede det med sin strenge religiøse overbevisning ved, at dette var godt inden for rammerne af hendes ægteskab.

Mens hun browsede, fangede nogen hendes øje.

En uskyldigt udseende brunette i en stramtsiddende sort kjole, som var petite med mælkehvid hud; hud som virkede fejlfri. Hendes ansigt var rundt og hendes statur lille. Ubåden blev holdt i en snor og krave om hendes hals, og hun lå på knæ, polstret med en blød rød pude. Hun kunne ikke have været ældre end midten af 20'erne, og hendes brune hår var bundet i en pæn knold.

"Hende?" spurgte Michael og lagde mærke til, at hans kone stirrede.

Samira bekræftede: "Jeg synes, hun er yndig. Jeg kan ikke tro, hun overhovedet er her. Sådan en pige?"

"Fantasierne har ingen grænser, min skat. Jeg er sikker på, hun har en interessant historie. Skal vi se nærmere?"

De gik over til denne lille unge kvinde. Andre gæster i Manor browsede også. De undersøgte den underdaniges ansigt, krop sammen med de viste oplysninger.

Navn: Erika

Alder: 24

Højde/vægt: 5'2 110 pund

Beskæftigelse: Universitetsstuderende (økonomi)

Præference: Indsendelse

Orientering: Åben for alt

Færdigheder: Alt og alt. Par. Mundtlig oprydning.

Huller: Alle 3 tilgængelige

Erfaring: 3. arrangement

Citat: "Hej, jeg hedder Erika, og jeg vil gerne være dit legetøj. Selvom jeg er ret ny , er jeg stadig meget nysgerrig og åben over for mange ting. Jeg kan være en god pige eller en dårlig pige. . Dit valg er min fornøjelse."

Startpris: $500

Sub 'Erika' forblev stoisk, mens potentielle købere stirrede på hendes skønhed og havde onde tanker om, hvad de gerne ville med hende. Hendes ansigt var umuligt at læse.

"Skal jeg afgive et bud?" spurgte Michael sin kone. "Eller skal vi blive ved med at browse? Der er måske en anden, du kan lide mere."

Samira var urokkelig. "Nej. Den her. Jeg kan godt lide hende. Hun virker så sød. Det får mig til at spekulere på, hvordan hun er privat."

"Selvfølgelig, min skat. Dette er din oplevelse at beundre."

Michael afgav et bud på netop denne ubåd , og Samira så på, mens hendes mand gjorde forretninger.

Da buddene var afgivet og tiden kom, gik auktionen sin gang. Der var mindst 20 underdanige i alt. Hver enkelt blev bortauktioneret. Hvad angår de gæster, der ikke fik købt en sub for dagen, ville de tilsyneladende have travlt med hinanden eller med de ledsagere, der ville hjælpe med at lette dagens underholdning.

Samiras hjerteslag steg, da hendes mand bød. Hun ville ikke have, at nogen anden ejer Erika. Helt ærligt, hun ville have Erika for sig selv og Michael som en trio. En pige så dejlig som den, hun ønskede at holde tryg og pleje, næsten på en moderlig måde.

Og hvis de rent faktisk vandt buddet? Ville dette være hendes første lesbiske oplevelse? Hun følte en følelse af panik og skam. Hvis nogen i hendes hjemland nogensinde vidste...

Så hørte hun det: Solgt!

Michael havde vundet buddet. Den underdanige Erika rejste sig, og snoren blev overrakt til hendes mand.

Da den underdanige kom ned, stod Samira og Erika ansigt til ansigt. Den underdanige smilede. Det eneste, Samira kunne tænke på, var, hvor smuk denne unge kvinde var, og hvor fejlfri hendes hud virkede; det lyste næsten. Og de læber! Erika havde de mest lækre og naturligt pussede læber, man kunne tænke sig. Hvad skal de have lyst til under et kys, eller noget andet... undrede Samira sig.

Michael hjalp med at bryde akavetheden, og de lavede alle introduktioner. De udvekslede behageligheder, og Samira følte et stik af skyldfølelse over, at de ville bruge denne unge kvinde til seksuel nydelse og intet andet.

De gik alle sammen op ad trappen. Michael var i midten, og de to kvinder låste deres arme om hver af ham. På dette tidspunkt havde partiet udviklet sig. Det var stadig en affære af høj klasse for de sociale eliter. Men brysterne blev blotlagt. Kropsdele viste sig.

Da de nåede den øverste etage, hvor alle soveværelserne var, kunne de allerede høre lyden af stønnen og gud ved hvad ellers. Samira kiggede ind i et af værelserne og så en asiatisk underdanig på sine knæ, der glædede en mand mundtligt, mens hans kone så på. I det næste rum var en underdanig Latina ved at klæde sig af for et par, og stolt modellerede hendes statuerede krop og mørke brystvorter for deres seerfornøjelse. I endnu et rum havde en underdanig bind for øjnene og blev bundet spredt-ørnende på sengen.

Endnu en gang optærede Samiras skyld for at bruge Erika på denne måde.

De nåede deres værelse. Det var fancy og havde japansk kunst på væggen. Der var også et stort vindue, som havde overblik over gården, hvor masser af mennesker stadig socialiserede udenfor, mens nøgne tjenere serverede mad og drikkevarer. Samira var rædselsslagen ved tanken om, at enhver bare kunne kigge op og se dem. Men det var reglerne for dette sted.

Som en høflighed fjernede Michael Erikas krave, hvilket fik hende til at se endnu mere sund ud.

Samira ville sige: 'Du behøver ikke at gøre det her, Erika. Du kan bare se på os, hvis det ville gøre dig mere komfortabel.'

Inden de ord kunne undslippe Samiras mund, havde Erika taget initiativet.

Der var et afslappet blik i Erikas ansigt, da hun stod foran dem, lynede ryggen af sin kjole op og lod den falde på gulvet. Hendes hud var bleg, og hun havde subtile kurver. Hun bar et matchende par hvide bh og trusser, sammen med strømper og strømpebånd. Den tynde blonde-bh med satinkanter virkede som en skålstørrelse for lille til hende, hvilket virkede med vilje, og som et resultat var hendes rosenrøde brystvorter synlige på toppen.

I det øjeblik vidste Samira, at hendes egen dømmekraft var forkert. Dette var ingen fejl. Denne unge underdanige vidste godt, hvad hun lavede, og stod der med brystvorterne delvist blotlagte, mens hun kiggede ned på sig selv for at sikre sig, at hendes undertøj så rigtigt ud. Hun tilpassede sin bh og trusser, og var mere end tilfreds med, at hendes brystvorter viste sig.

"Jeg er klar," sagde Erika med et skævt smil og hænderne på hofterne.

"Du er en temmelig økonomistuderende," bemærkede Michael og beundrede lingeritøjet, der knap nok findes.

Erika nikkede. "Det er faktisk mit sidste år. Jeg har været i praktik to somre i træk, og jeg håber at få et job som finansanalytiker næste år."

"Hjerner og skønhed. Ligesom min kone. Hun driver et stort rederi."

"Åh?" Erikas øjenbryn rejste sig, og hun så ud over Samiras lune skikkelse.

"Det ser ud til, at vi alle er professionelle her," påpegede Samira. "Min mand og jeg er nye her. Vi er for nylig blevet gift. Og vi har aldrig gjort noget lignende før, hvis du kan tro det."

Erika nikkede. " Åh , jeg tror bestemt på det. Dette sted er populært blandt nysgerrige par."

"Jeg har lagt mærke til det. Dette sted er... unikt."

"Det er en god ting. Dom /sub-tinget er unikt og svært at få rigtigt. Men det er det, dette sted er til for. At være din guide."

Samira spændte blidt. "Jeg er sikker på, at du er en yderst dygtig guide."

"Jeg er blevet trænet til perfektion. Så ja, jeg er meget dygtig til mange ting. Og jeg elsker at give glæde."

"Du ser også sød ud."

"Var det dig, der valgte mig?" spurgte Erika med et sødt udtryk i sit runde ansigt.

"Det gjorde jeg," indrømmede Samira. "Jeg synes, du er sød. Måske vil jeg endda kalde dig sexet. Jeg har aldrig været sammen med en kvinde før, men min mand vil have, at jeg skal udforske noget nyt."

"Det er perfekt. Jeg elsker par. Jeg har været sammen med et par stykker, og jeg har fået at vide, at jeg er meget god til det."

Samira tog en dyb indånding af pigens oplevelse. "Du ser ud til..."

"Uskyldig?" spurgte Erika legende og afsluttede Samiras sætning.

"Ja. Du ligner virkelig en engel."

"Samira, selv engle har deres fornøjelse."

"Apropos det," sagde Michael ind. "Jeg har en anmodning. Erika, vi har købt dig for vores fornøjelses skyld. Men det er kedeligt. Alt for forudsigeligt. I stedet, Erika, giver jeg dig fuldstændig kontrol over os; min Især kone. Jeg vil have min kone til at huske det. Kan du gøre det, Erika?"

Samira gispede ved meddelelsen, og Erika reagerede modsat og flækkede et djævelsk grin.

"I er begge heldige," svarede Erika med en svag fryd. "Fordi du har købt den rigtige pige til jobbet. Jeg tænker altid på måder at være fræk på med sofistikerede mennesker. Jeg er sikker på, at vi kan finde på noget."

"Er der noget i tankerne?" spurgte han.

Erika vendte sig mod Samira og overvejede. "Hmm... lad os se. Sådan en elegant og elegant kvinde. Jeg kan se, at du tøver med at være her. Men det kan jeg ordne."

Det eneste, Samira kunne gøre, var at stå stille og vente, mens denne unge underdanige fortsatte med at se på hende og tænke alle mulige afvigende tanker om, hvad de alle ville lave om et par øjeblikke.

"Jeg ved det," sagde Erika til sidst, med lysende øjne. "Jeg vil have, at du har min krave på, mens jeg holder i snoren. Ovre ved vinduet."

Rullevendingen kom så pludseligt, at Samira ikke vidste, hvordan hun skulle føle . Det var et chok. Det var ikke det, hun oprindeligt havde sagt ja til. Og at blive brugt som legetøj var bestemt ikke grunden til, at hun kom hertil.

Hun så hen til sin mand for moralsk støtte, og der var ingen. Michael virkede helt med på denne idé, og Samira var i undertal.

"Vil du nedværdige mig?" spurgte Samira og skjulte ubehaget i stemmen.

"Nej. Jeg vil bare se dig sutte pik."

Samira gjorde sit bedste for at bevare værdighed. "Og hvorfor det?"

"Det er min yndlingsting i verden," svarede Erika med et svagt glimt i øjnene. " Derudover har du et flot ansigt. Det ser eksotisk ud. Jeg elsker den mørke farve på din hud. Jeg er ivrig efter at se, hvordan du ville se ud ved at give et underdanigt blowjob."

"Men folk udenfor ser mig måske."

"Endnu bedre," nikkede Erika. "Der er ingen tvivl om, at du vil blive set. Det vil gøre tingene sjovere, tro mig."

Mens Samira stod målløs, holdt Michael kraven op.

"Skal vi?" spurgte han.

"Ved nærmere eftertanke..." tilføjede Erika og ændrede sin mening. "Jeg har en bedre idé. Brug denne i stedet for."

Den underdanige pige rakte tilbage og åbnede sin blonde-bh og afslørede hendes små muntre bryster og rosenfarvede brystvorter i deres helhed. Hun klemte bh'en i den ene ende og drejede den. Der var et blik af glæde på hendes søde ansigt.

"Jeg kan godt lide den måde, du tænker på," smilede Michael.

"Lidt kreativitet rækker langt. Må jeg gøre æren?"

Manden nikkede. "Du kan."

Samira stod stille, da Erika nærmede sig med bh'en i hånden. Samiras lækre, mørke hår blev børstet tilbage, og hun lod Erika slå blonde-bh'en om halsen, hvilket skabte en improviseret krave og snor med det glatte stof.

"Til vinduet," sagde Erika i Samiras øre.

Konen kompilerede, mens Erika gav et blidt, men fast ryk. Samira vidste ikke, hvordan hun skulle føle. Kontrol gik tabt. Og til en ung kvinde med engle i ansigtet, intet mindre. Da Samira stod foran vinduet, så hun gæsterne, der var udenfor socialt, og de nøgne ledsagere, der serverede forfriskninger.

"På dine knæ," sagde Erika og vendte sig så mod manden. "Pik, tak."

Samira faldt på knæ, og hendes sanser blev styrket. Hun var meget opmærksom på alt, der foregik udenfor, sammen med alle støn af glæde i gangen og følelsen af tæppet mod hendes knæ.

Endnu vigtigere var det, at hun hørte lyden af sin mand, der tog sine sko af og løsnede sine bukser pænt og gentlemanagtigt (en egenskab, hun altid havde fundet sexet). På trods af sin alder var Samira stadig ny i verden af sutte pik. Hun fandt ud af, at hun nød det. Det var ikke nær så nedværdigende, som hun havde forventet i alle sine jomfrueår. Mærkeligt nok føltes det endda styrkende på mange måder, da hun fik kontrol over orgasmen fra den mand, hun elskede.

Men for at gøre det her? Foran så mange potentielle vidner? Under vejledning af Erika?

Tanken skræmte hende. Hun havde ingen trusser på, men hvis hun havde, var de blevet gennemblødte.

Mens hun knælede ved vinduet, stod hendes bundløse mand foran hende. Hans pik var klar til at sutte. For første gang føltes det som om Samiras mand var mere en rekvisit end noget andet. En pik for hende at bruge. Eller en pik, hvis eneste formål var at kneppe hendes mund.

Inden handlingen startede, rykkede Erika i bh'en/snoren for at rette op på Samiras kropsholdning, så rakte hun ud for at afsløre Samiras bryster ved at skubbe toppen af kjolen ned.

"Du har fine mørke brystvorter," sagde Erika og kiggede ud over konens bare bryst. "De er allerede stive. Du skal være spændt. Heller ingen solbrune linjer. Din naturlige hudfarve er strålende. Du er ekstrem smuk, Samira. Jeg har aldrig spillet med en mellemøstlig kvinde før. Det har dog altid været en fantasi ."

Samira gad ikke svare med den tynde bh viklet om halsen. Hvis hun kunne have, ville hun bare have sagt 'tak'.

Hun forblev stille, mens Erika rakte ned for at gnide hvert bryst og tweaked hver af hendes mørke brystvorter, hvilket sendte et gys ned ad Samiras rygrad, mens hun blev brugt som en legetøj.

"Begynd at sutte nu," sagde Erika kort. "En pik, der er hård, bør aldrig lade sig vente."

Michael tog det første skridt og trådte frem, så hans erektion var få centimeter fra Samiras ansigt. Normalt elskede hun at få øjenkontakt med sin mand. Det skabte altid en følelse af intimitet mellem dem.

Denne gang kunne hun ikke få sig selv til at se på nogen. Hun holdt øjnene lukkede, lænede sig frem og suttede sin mands erektion, præcis som han kunne lide. Hendes læber viklede sig fast , og hun gjorde sit bedste for at vippe hovedet frem og tilbage, selv med blonde-bh'en viklet om halsen.

Hun kunne mærke, at hanen stivnede i hendes mund. Det betød, at hun gjorde alle de rigtige ting, og at hendes mand elskede denne oplevelse. Hun kunne også høre den erotiske lyd af Erika, der trak vejret hårdere, mens hun holdt øje med hende.

Hvilket show dette må have været for sub-en. Og sikke et show for gæsterne udenfor. Gud, havde nogen af dem set på? Eller nogen andre i gangen?

"Tag ham hele vejen," sagde Erika med en antydning af autoritet. "Jeg vil gerne se dig deepthroat. Efter min ydmyge mening er et godt blowjob ufuldstændigt uden en gag eller to."

Deepthroat. Nu er der noget, Samira havde været omhyggelig med at undgå. Hun havde set den handling i pornografi og havde altid fundet den elendig og klasseløs. Da hun var en kvinde med værdighed, undgik hun det for enhver pris og satte pris på, at hendes mand aldrig havde bedt om så beskidt noget.

Under disse omstændigheder følte hun sig tvunget til at efterkomme ordren med en provisorisk snor om halsen. Hun knugede øjnene sammen, så tårerne ikke ville komme ud. Og hun håbede, at hun ikke ville lave nogen ydmygende kneblelyde.

Hendes hoved bevægede sig langsomt fremad og tog mere af sin mands pik i munden og til hendes hals. Hun mærkede hanen rykke på hendes tunge, og ramte toppen af hendes hals. Hendes mand elskede det. Hvilket forræderi. Hun tog ham endnu dybere, indtil den nåede hendes hals. Mærkeligt nok følte hun sig stolt af sig selv, fordi hun tog det hele vejen. En ny seksuel bedrift.

Hendes stolthed styrtede sammen, da det uundgåelige sker; hun kneblede. Det var sjusket og grimt. Hendes øjne løb i vand, og spyt dryppede ud over hendes dyre hvide kjole. Hun lavede en modbydelig lyd og følte sig flov over det.

"Det er nok," sagde Erika barmhjertigt. "Nu vil jeg se dig blive kneppet. Rejs dig og pres dit ansigt mod vinduet. Bare rolig, glasset er lavet til at håndtere en kvindes kropsvægt mod det."

Erika trak let i bh'en/snoren og signalerede Samira, at hun skulle stå og vende mod vinduet. Samira efterkom og så, at et par af gæsterne faktisk havde set blowjob-handlingen, mens de nippede til champagne udenfor. BH'en/snoren blev fjernet fra hendes hals og smidt i gulvet af Erika.

Samira spredte sine ben, da hendes mand skubbede hendes numsekind og inderlår fra hinanden. Hun pressede sit ansigt på det specielt installerede glas, hvilede sin kropsvægt på det, og mærkede sin mand sprede sin røv længere for at få adgang til hendes fisse bagfra. Hun var bekendt med denne stilling , og hun bøjede ryggen for at hæve sin numse.

"Se på mig," sagde Erika med en forførende høflighed. "Jeg vil gerne se dine øjne og ansigt, mens du bliver penetreret. Det er et stærkt udtryk."

Samiras ansigt vendte allerede mod Erika. Deres øjne låste sig. Ingen af dem kiggede væk, da Samiras fisse blev strakt af den hårde pik. Hendes mund gav et gisp, og hendes øjne blev store.

Hendes mand gik på arbejde og kneppede hende bagfra. Hendes krop gyngede, og hendes bryster svajede, med hendes mørke brystvorter så hårde som altid. Sikkert flere gæster på herregården så dette åbenlyse ekshibitionistiske show. Men Samira turde ikke kigge. Det var langt mere tillokkende at bevare øjenkontakt med denne dyrebare underdanige, der styrede scenen.

Erika rakte ned til fingeren på Samiras fisse. "Fuck, du er så våd."

"Jeg ved det," stønnede Samira tilbage, mens hendes fisse blev banket, og hendes krop vippede frem og tilbage.

Det var en sansemæssig overbelastning, da Samiras krop også blev kærtegnet af Erika; med en lille hvid hånd, der gnider hendes fisse, og rækker derefter op for at klemme hendes bryster. Samira stønnede hver gang hun blev rørt og klemt. De bløde hænder fik hende til at føle sig så godt tilpas. Og hendes fisse, der blev henført, føltes endnu bedre.

Stønnene blev højere, da Erika koncentrerede sine fingre om Samiras kusse. Det fik Samiras øjne til at udvide sig, og hendes vejrtrækning blev mere anstrengt.

"Jeg har fundet dit søde sted," sagde Erika med en ophidset stemme. "En pik, der knepper din fisse, og mine fingre leger med din kusse, alt imens folk ser udefra. Måske er du ikke så ordentlig, som du ser ud? Måske er du inderst inde bare et frækt fuck-legetøj som resten af os. Kan du lide at høre det, Samira? Kan du lide at opdage, at du er sådan en beskidt kvinde?"

Subs stemme var blevet lav , og den var fyldt med begær.

hviskede Samira. "Ja..."

"Cum nu. Jeg vil gerne se det."

Er det sådan, himlen føles? Samira undrede sig, da hendes mand overmandede hendes kusse, og Erika gned hendes klit i en hurtig, cirkulær bevægelse. Hun lukkede øjnene og nød det. Samfundet være forbandet. Dette var eufori.

Samira mumlede noget uhørligt, mens væsker løb ned af hendes ben og ned på gulvet. Hendes sperm lavede også noget rod på hendes mands pik og Erikas travle fingre, som forblev ubarmhjertige under den intense orgasme. Hun knyttede kæben sammen, og hendes underkrop stivnede, mens hun fik udløsning.

"Jeg kommer også til at komme," stønnede Michael.

"Fyld hendes fisse," instruerede Erika. "Jeg klarer oprydningen."

Samira mærkede sin mand klemme hendes hofter hårdt sammen og dunke hende hårdere. Det var hans signal til en forestående orgasme. Rytmiske klaskelyde fyldte rummet, mens han stødte kraftigt mod hendes bund. Hendes fisse følte lyksalighed.

Hendes mand stønnede og kom ind i hende. Det var en fornemmelse, som Samira altid havde elsket, følelsen af sperm fyldte hendes hul. Da Michael gav det sidste støn, trak Erika sine fingre væk og faldt på knæ.

"Fuck yes," fnisede Erika og klappede Michaels baller. "Nu, hvis du vil undskylde mig, foretrækker jeg at rydde op med det samme... mens tingene stadig er varme og friske."

Samira rørte sig ikke. Hun mærkede sin mands pik 'ploppe' ud af hende. Tomheden i hendes gabende, cum-gennemvåde hul blev erstattet med Erikas tunge. Hendes livs overraskelse. Hendes første rigtige lesbiske oplevelse.

Hun lukkede øjnene og stønnede, mens den talentfulde tunge slikkede, sonderede og slurrede hendes spermfyldte fisse. Alt blev slugt og slugt. Hun nød følelsen af, at den feminine tunge trængte dybere ind, efterfulgt af Erikas smukke mund, der fortærede safterne.

Da munden trak sig væk, drejede Samira hovedet og så Erika sutte sin mands pik. Det var en ærgrelse. Dette var ikke blevet aftalt, og hun følte et stik af jalousi. Men hun måtte beundre det.

Erikas lækre læber var viklet stramt om den spidsvåde pik, og hendes hoved vippede hurtigt og tog det dybt ind uden antydning af en gag-refleks. Det var smukt. Yndefuld. Erikas læber hvirvlede af og til rundt om Michaels hoved, før hun gik tilbage til at vikle sine læber rundt om skaftet for at sutte kraftigt. Det var sådan rigtig hanesugning skulle se ud.

Erikas mund gik frem og tilbage, suttede Michaels pik og slikkede Samiras fisse.

"Hvordan har du det?" spurgte Michael sin kone.

Samira nød følelsen af tungen tilbage inde i sit hul. Hun forblev bøjet med armene lænet mod vinduet. Flere gæster så afslappet på dette afvigende møde, og hvem ved, hvem der ellers havde kigget på gangen. Hun var ligeglad mere. Faktisk var det en fantastisk tur-on.

"Som en ny kvinde," var alt, hvad Samira kunne sige.

Da hendes fisse var renset ud, vendte Samira sig mod sin mand og takkede Erika. Hun havde antaget, at dette uhellige møde var forbi. Men da hun så dem, så hun Erika stå på benene igen. De var kun centimeter fra hinanden.

Samira kunne ikke undgå at bemærke de lækre, fyldige læber, som Erika havde. Læber lavet til at kysse og sutte. Denne gang glitrede Erikas fyldige læber dog af frisk fissejuice og overtrukket med varm sperm.

Erika slikkede sig ophidset om læberne og stod foran Samira, mens de låste øjnene. Det var tydeligt, hvad denne pige ville. Hvorfor benægte det?

De kyssede. Samira pressede sine læber mod Erikas og deres mund åbnede sig. Deres tunger kæmpede, og de delte orgasmiske væsker med hinanden i den lidenskabelige udveksling. Deres arme viklede sig om hinanden , og deres bryster og hårde brystvorter pressede sammen.

Frisk sperm byttes i munden og rullede på deres tunger. Langsomt virkede skyldfølelsen inde i Samira for længst glemt. Ingen ville nogensinde vide det. Dette var en hemmelighed, som altid ville forblive inde i bondagegården.

KLUB BDSM

58

Det var højlys dag på Park Avenue, det mest attraktive og imponerende område i New York City. Som de fleste dage i storbyen gik arbejderklassen til og fra deres kontorer, de velhavende nød god mad, og turister slentrede i kvartererne, mens de tog billeder.

Bortset fra normerne i det travle kvarter, stod Erika nøgen i et goldt lokale på 38. etage i en luksuslejlighedsbygning. Hun var placeret foran et vindue, som var dækket af et tyndt hvidt gardin for privatlivets fred.

Hendes hænder var tæt bundet sammen over hendes hoved, fastgjort til et sort reb, som hang fra en krog i loftet.

En udsmykket sort maske skjulte toppen af hendes ansigt, men fremhævede hendes fremtrædende næse og hage. Det tillod skønheden i hendes ansigt at vise sig, samtidig med at hendes identitet blev skjult. Hendes lange mørke hår fossede frit ned ad ryggen, og hendes læber blev fremhævet af rubinrød læbestift.

Silkesorte strømper med en søm langs ryggen dækkede hendes velformede ben. De fik hendes utroligt lange lemmer til at virke endnu længere. Sorte hæle fuldendte hendes sparsomme påklædning. Hendes krop var på fuld udstilling, i al sin nøgen herlighed.

Ingen ville benægte, at hun var fortryllende. En sjælden kombination af styrke og femininitet appellerede hun til både mænd og kvinder. Mens hun var slank, men alligevel buet på de rigtige steder, projicerede hun et billede af, at hendes krop var bygget til hårde knepper . I en alder af 28 var Erika blevet klar over, at hun i høj grad nød at blive brugt seksuelt af andre, og det var præcis, hvad hun forventede i dag.

Ikke engang hendes nærmeste venner vidste om den fordærvede hemmelighed, hun holdt på. Hendes underdanige lyst og trang til at blive brugt til andres glæde kan være svære for dem at forstå.

Til sidst lod hun fagfolk tage kontrollen på dette hemmelige sted i menigheden. Det var elegante rammer, hvor ligesindede af en bestemt klasse kunne hengive sig til deres meget frække lyster. Maskerne var skønsmæssige. Men for Erika var det et absolut must; ingen kunne vide, at hun lod sig behandle på en så skandaløs måde. Hun var en dygtig advokat for Guds skyld.

Reglerne var enkle. Hemmeligholdelse var hellig. Renlighed var ikke til forhandling. Respekt var nødvendigt. Dette var en eksklusiv affære , og alle kom klædt derefter.

Mens Erika stod der bundet og maskeret, så hun den kvindelige auktionsholder træde på plads ved siden af hende. Auktionsholderen bar et målrettet afslørende jakkesæt, spaltning og det hele sammen med en guldmaske for også at skjule sin identitet. Hun var en høj kvinde med en kommanderende aura, hvilket gjorde hende perfekt til jobbet.

I en mærkelig vending havde Erika sluttet sig til disse tabubelagte sammenkomster efter anmodning fra auktionsholderen, som utroligt nok også var en advokat ved navn Lea. De havde modsat sig advokater under en længere retssag. Da sagen sluttede, bad Lea Erika ud på drinks.

"Du ved noget," havde hun sagt til Erika ved et privat bord, mens de begge faldt sammen, forslåede og udmattede efter den opslidende sag. "Kvinder som os er en sjælden race. Vi arbejder os af. Vi er smarte. Sofistikerede. Dedikerede. Og vi kan begge lide at blive kneppet på en bestemt måde. Jeg kunne fortælle, hvilken slags kvinde du er, første gang jeg så dig ."

Erika spyttede næsten sin drink ud. Afgav hun virkelig en eller anden form for seksuel stemning? Hvordan var denne kvinde i stand til at udlede, at Erika kunne lide de barske ting?

I det meste af Erikas voksne liv havde sex været vanilje. Den sædvanlige slibning var påkrævet for at opnå orgasmer af minimumsstandarden. I de senere år havde hun dog fremsat et par frække anmodninger til sine partnere om at pifte tingene op. Fucking groft. Let kvælning. Nogle tæsk. Men vigtigst af alt havde hun bedt om at blive behandlet som et seksuelt legetøj, i modsætning til en romantisk partner. Først da disse betingelser var opfyldt, var Erika i stand til at opnå jordskælvende orgasmer.

Havde en af hendes ekskærester spredt budskabet om hendes afvigende ønsker? Eller var Lea en ekstraordinær sexpert? undrede Erika sig, mens hun stirrede med en hjort i forlygterne.

"Jeg tilhører en slags klub. Det er for mænd og kvinder, der nyder at skubbe grænserne for ukonventionel sex. Tænk over det. Det er et yderst eksklusivt netværk, og vi kunne bruge nye medlemmer som dig. Bare rolig, ingen vil nogensinde ved. Der er en formel kontrakt, der indeholder en fortrolighedsklausul. Vi er alle bundet til tavshedspligt med dispensationer og aftaler. En hel del medlemmer er advokater. Hvis du stadig er foruroligende med hensyn til privatlivets fred, kan vi tilbyde dig en skræddersyet maske fra Venedig. Nogle få af vores værdsatte kvindelige medlemmer bærer dem. Det sætter dem i ro, mens de udforsker de mørkere dele af deres seksualitet."

Erika blev målløs, og hendes kinder blev knaldrøde. Lea havde set dette udseende før, mange gange. Uforskrækket gik hun videre og spredte information, der gjorde Erikas trusser øjeblikkeligt våde.

Efter en dialog, der var designet til at berolige Erikas pludselige hyperventilering, fortsatte Lea sin pitch. "Kinky ting. Reb. Piske. Gruppeindstillinger. Dominans. Underkastelse."

"Ligesom BDSM?" spurgte Erika.

Lea smilede. "Det er en BDSM-klub. Faktisk deltager jeg på en meget unik måde. Hvordan kunne du tænke dig at blive solgt? Hvis du er enig, sørger jeg for, at du går til det mest spændende bud."

Deres hemmelige samtale fortsatte, indtil Lea skubbede et kort med et telefonnummer over til Erika. Med det stod hun, betalte regningen, smilede ned til Erika, vendte sig og gik. Hun var overbevist om, at der ville komme et opkald. Det skæbnesvangre møde havde været starten på Erikas velsignede seksuelle frigørelse.

Efter flere dages intense overvejelser ringede hun og regnede med, at hun intet havde at tabe. Når alt kommer til alt, tænkte Erika, hvem skulle Lea fortælle? De var begge karrierekvinder og havde meget at miste i forhold til deres omdømme og potentielle kunder.

På det tidspunkt begyndte hendes lektioner; røv, fisse, mund. Hun var disciplineret i alle kunster. Hendes krop blev trænet til at holde erotiske stillinger i lange perioder. Alle hendes lystpunkter blev fundet; fastlagt styrker og svagheder. Det varede ikke længe, før Lea havde klassificeret Erika som en trældomsdjævel og smertetøs. Det var den rigtige diagnose for denne uerfarne ubåd.

Selvfølgelig havde Lea haft stor glæde af sin rolle som Erikas seksuelle mentor. Efter at have været ansvarlig for træningsregimet var Erika særligt velbevandret i at give fornøjelse nøjagtigt efter Leas specifikationer. De havde tilbragt mange fornøjelige aftener med Erikas ansigt plantet i kusse og røvhul på hendes kødelige træner. Efter en hård dag i retten var mødet for de ulovlige aktiviteter en kærkommen fornøjelse. Deres fælles entusiasme og arbejdsmoral gjorde dem særligt velegnede til både at give og tage i deres respektive roller.

Det var dengang.

Nu tog gæsterne plads i lokalet. Der skal have været mindst 15 personer til stede, hvilket så ud til at være standarden. Erika kunne ikke lave en nøjagtig optælling, da hun var låst med frontvæggen. Nede fra gangen hørte hun flere mennesker male rundt i resten af lejligheden (mindst yderligere 15).

Det var rigtigt, hvad de siger om, at andre sanser blev forstærket, når man var hæmmet. Lyden af fodtrin og af mennesker, der satte sig til rette i de polstrede højryggede stole, var tydelige. Snart hørte hun stille hvisken om sin skønhed. Til sidst vendte samtalerne sig til måder, hvorpå gæsterne forestillede sig at bruge hende til deres tilfredsstillelse.

Den stærke kombination af at være bundet og ikke vide, hvad der ville finde sted, fik Erikas fisse til at fugte i forventning. Safter samlede sig på toppen af hendes lår, da hun ikke havde nogen kønshår til at holde det i sit intime rum.

Auktionsholderen slog en hammer på podiet. "Mine damer og herrer, før vi begynder, vil jeg personligt gerne takke jer alle for at komme. Vi har en vidunderlig række af mænd og kvinder i dag. Vi er sikre på, at I vil nyde de fornøjelser, vi har i vente."

Hun undlod de sædvanlige formaliteter, da arrangementet begyndte. Hendes ord var professionelle og talt med den selvsikkerhed, der kræves af en god advokat. Der var dog også en forførende og legende kvalitet ved hendes levering. Det lille publikum klappede, da sagen officielt var i gang.

Auktionsholderen fortsatte: "Først begynder vi med Erika, denne fantastiske skønhed, der står ved siden af mig. Officielt er hun en arbejdende professionel, højt respekteret inden for sit felt. Uofficielt, foran jer alle, vil hun blive brugt som nogens fuck-legetøj."

Erika kunne ikke beherske sin begejstring og den ufrivillige krampe fra hendes fisse.

"Jeg ved, at mange her har en fetich for arbejdende kvinder. Tro mig, når jeg fortæller jer, at Erika har hjerner, der svarer til hendes utrolige fysik. Hvem af jer vil gerne eje hende? Hvem ønsker at få denne højtuddannede kvinde til at underkaste sig jeres seksuelle luner?"

Selvom Erika ikke var i stand til at se, hørte hun bifaldende mumlen. Auktionsholderen noterede sig dog nik, læberslikning og skærpede blikke. Lysten var i luften, og Erika var på alles appetit.

"Først vil vi begynde med en fremvisning af hendes ben."

Auktionsholderen forlod podiet med en læderpagaj i hånden, da hun nærmede sig Erika. Så gned hun spidsen af pagajen langs Erikas sorte strømper. Erika gjorde sit bedste for at forblive stille på trods af sin egen begejstring.

"Disse ben er lange og fejlfri," sagde auktionsholderen. "Uden hæle står hun på 5'8". Hun er løber og har gennemført en del maratonløb for velgørenhed. Tænk bare på, hvor godt det ville føles at køre dine fingre, læber, fisser eller pikke hen over disse ben."

Erika blev vådere, da pagajen bevægede sig opad og blev slået mod hendes røv.

"Jeg ved, at mange af jer nyder at give et godt tæsk til en moden røv. Erikas numse er perfekt rund og frodig; hendes ømme hud kan klare lange perioder af padling. Tillad mig at demonstrere det . "

Pagajen blev presset fladt mod Erikas venstre røvkind og blev derefter trukket tilbage af auktionsholderen. Et tordnende klap lød, da der igen blev skabt kontakt mellem pagajen og hendes røv. Det ekkoede højt i rummet og fik Erika til at ryste, trods hendes bedste anstrengelser for at forblive stille.

Endnu et slag blev givet. Så en anden. Og en anden. Hvert slag var hårdere end det sidste. Begge kinder fik den brændende fornemmelse forbundet med tæsk i lige stor grad.

Da smækningen var færdig, var den hvide hud blevet rød og udstrålet varme.

"Mine damer og herrer, det er bare en teaser," smilede auktionsholderen bag sin egen maske. "Nu til hendes anus."

Røvfucking var noget, Erika kun havde vænnet sig til, siden hun kom med i denne hemmelige BDSM-gruppe . Selvom hun var høj og virkede stærkt bygget, var hendes anus sart og lille. Kun de fremmødte eksperter kunne passe store haner ind i hendes forbudte hul. Det krævede kontrol og tålmodighed.

Bløde, feminine hænder rørte ved Erikas numse og tvang hendes kinder fra hinanden, hvilket blottede hendes lille brune hul for gruppen. Hun følte sig fuldstændig udsat og sårbar, da luften strømmede hen over hendes anus. Mærkeligt nok kunne hun også mærke rummets sultne øjne kigge på det, i al dets pragt.

"Som I alle kan se, er hendes hul der knap nok, lille og tigger om at blive strakt. En eller andens heldige pik kunne finde nirvana derinde i dag."

Til den vovede del af præsentationen satte auktionsholderen pagajen fra sig og holdt Erika om hofterne og vendte hende rundt, så hun stod over for det lille publikum.

Erika så mængden gennem sin maske. Det var den typiske gruppe; en jævn opdeling af mænd og kvinder. Alle var skarpt klædt på en afslappet elegant måde. Deres ansigter havde samme lyst, som de hver især håbede på at komme af sted på en særlig måde. Synet af Erikas bryster og fisse syntes at fascinere deltagerne, da det kom til syne.

Erikas brystvorter blev stenhårde.

Auktionsholderen tog padlen op igen og pressede den fast til Erikas skamlæber, hvilket i øvrigt også lagde pres på klitoris.

"Jeg kan ærligt sige, at jeg har haft fornøjelsen af at smage, hvad der er mellem disse ben. Mine damer og herrer , uanset om du vil kneppe hendes fisse eller spise den, er du i en rigtig godbid."

Erika mærkede pagajen bevæge sig til sine runde bryster og kredsede om hendes lysebrune brystvorter. Pagajen slog blødt undersiden af hver mejse, hvilket fik hendes bryster til at rykke foran den tilbedende skare.

"Og se lige disse bryster," sagde auktionsholderen med glæde. "Kan nogen af jer tro, at de er ægte? Og de er meget virkelige, det kan jeg forsikre jer."

Erika stønnede, da auktionsholderen bøjede sig ned for at presse hendes venstre mese groft og bed blidt ned på brystvorten. Auktionsholderen gav brystvorten et hurtigt sug, før han frigav den.

Til sidst bevægede pagajen sig op til Erikas læber.

"Sidst, men ikke mindst, hendes mund. Perfekt til at kysse. Perfekt til at sutte. Perfekt til rengøring. Fik jeg nævnt, at hun elsker at spise sperm? Både mænd og kvinders . "

Flere bifaldende nik kom fra mængden.

"Afslutningsvis er denne en smertetøs," opsummerede auktionsholderen. "Hun har en høj tolerance og higer efter dit bedste."

Erika noterede sig straks publikumsreaktionen, som spændte fra gisp til grin.

Auktionsholderen stod endnu en gang bag podiet og kom med tilbud. Den, der foreslog de mest kinky sexhandlinger, udført på den mest provokerende (men dog rimelige) måde, ville vinde buddet. Tilbuddene kom ind, hver især mere lokkende end de sidste.

Endelig hørte Erika de magiske ord, der fik hele hendes krop til at springe til opmærksomhed. Hendes brystvorter anstrengte sig, og hendes kusse begyndte at dirre ivrigt.

"Solgt!" sagde auktionsholderen højt og slog hammeren mod podiet. "Vi har uafgjort. Til gæster nr. 3 og nr. 7. Du kan nu samle din præmie for at dele mellem jer begge."

Vinderne havde på forhånd gjort klart deres intentioner:

Mand #3 bar ikke maske. Erika genkendte ham fra avisens samfundssektion. Denne velkendte filantrop havde lovet at tæmme Erikas røv med et godt smæk. Præcision blev lovet; en læderflog var hans foretrukne værktøj. Så ville han eje hendes røvhul med sin enorme pik. Der blev givet forsikringer om, at han var ekspert i at kneppe røv og tæmme livlige kvinder.

Kvinde nr. 7 havde rig, mørk hud. Det ville være Erikas første oplevelse med en sort kvinde. Hendes fyldige, lækre læber så ud, som om de nød at give og modtage erotisk underholdning. Hun var også uden maske. Hun var en velanset ekspert i brystspil og kendte alle tips og tricks til tortur af brystvorter. Ved at bruge den helt rigtige kombination af at knibe og vride kunne hun give stimulus, der gav sød lidelse, uden at efterlade varige skader. Og som lesbisk vidste hun, hvordan man bedst kunne spise en god fisse.

Erika havde aldrig før delt seksuel nydelse med en sort kvinde, og ideen begejstrede hende meget.

Disse to dominanter blev udvalgt af auktionsholderen på grund af deres samarbejdspotentiale. Mens Erika var bundet i denne prekære stilling, ville begge sørge for ubåden på samme tid; en foran og en bagfra. Det ville give det lille publikum et mindeværdigt show.

Hele Erikas krop rystede, da vinderne nærmede sig forsiden af lokalet. Hun var blevet brugt foran en lille gruppe før; ekshibitionismen øgede kun hendes endelige udgivelse. Dette var første gang, hun blev brugt af to personer, som ville arbejde sammen på forskellige sider af hendes krop. Det var hendes beskidte drøm, der gik i opfyldelse.

Den sorte kvinde var den første, der tog kontakt, og gned sine mørke fingerspidser hen over Erikas mælkehvide hud. Erika kiggede ned og blev ophidset af farvekontrasten, især da fingrene gned hen over hver lysebrune brystvorte.

"Du føler dig anspændt," sagde kvinde #7. "Første gang med en sort kvinde? Jeg kan godt lide at være den første. Det er en ære at være din første sorte Domme . Bare rolig skat, du vil nyde det."

Erika svarede ikke. Det gjorde hun aldrig. At skjule sin stemme var en del af at forblive anonym. Hun så simpelthen på denne magtfulde kvinde gennem sin maske i håb om, at hun ikke ville blive genkendt.

Deres øjne låste sig intenst, og et øjeblik spekulerede Erika på, om denne dominerende sorte kvinde havde genkendt hende fra et sted. En offentlig annonce for hendes juridiske tjenester, måske?

Da mand nr. 3 tog en læderflog, rettede Erika sin opmærksomhed mod ham. Han lavede øvelsesbevægelser, der så koreograferede ud. Hun var helt sikker på, at han var den ekspert, han påstod at være. Udseendet af ond glæde i hans ansigt fik Erika til at tro, at pryglen ville gøre ondt. Med hænderne bundet over hovedet var Erikas krop fuldstændig sårbar.

"Jeg har haft mine øjne på dig," sagde mand #3. "Lige siden jeg så dig første gang for uger siden, har jeg ønsket at bruge dig på de mest beskidte måder. Lad os se, om din røv var værd at vente på. Først vil jeg vende dig til siden, så alle kan se mig plyndre og plyndre. dit søde lille røvhul."

Erika lod sig vende, så de tre deltagere blev stillet op på række. Da Erikas øjne fokuserede på den smukke kvinde foran hende, mærkede hun bløde lussinger fra floggeren mod hendes røv. Da lussingerne blev kraftigere, smilede kvinden foran hende henrykt over den djævelske disciplin.

Snart knækkede floggeren hårdt mod hendes røv, hvilket fik Erikas krop til at stivne og rykke af den brændende lyksalighed, der var tilbage i dens kølvand. Erika stønnede og lavede staccato-grynt, som hun forsøgte at undertrykke.

Kvinde nr. 7 førte to af sine mørke fingre ind i fordybningerne af Erikas mund, som om hun testede hendes gagrefleks. "Gør det meget ondt? Kan du lide den slags smerte, sub?"

Erika nikkede bare, mens hendes underdel stadig blev pisket.

"God pige. Jeg har lige noget til disse lækre brystvorter af dig. Lige så snart han tager din røv."

Publikum stirrede i ærbødighed, mens manden blev ved med at piske Erikas røv, og den sorte kvinde lænede sig frem for at kysse hendes mund. De fyldige, fyldige læber var en fornøjelse for Erika. Det var alt, hvad et godt kys skulle være, især når deres tunger dansede sammen. Floggeren knækkede Erikas røv smertefuldt, og hun stønnede desperat ind i den sorte kvindes mund. Da Erika åbnede øjnene i frygt, kunne hun se kvinden kigge tilbage og vurdere hendes reaktion.

Erika var sikker på, at kvinden nød at kysse en, der stønnede i smerte efter en alvorlig pisk. Kvinden så ud til at blive mere og mere ophidset af Erikas smertefulde vokaliseringer. Bag hende hørte hun manden mumle tilfreds, mens han fortsatte med at rødme hendes røv. Hun var sikker på, at han havde en massiv hård-on allerede.

Mellem de to seksuelt ladede væsener følte Erika sig som en kanal for afvigende erotisk energi. Virkningen på hende var enorm. Ud over den overvældende begejstring , hun høstede af smerten, fik hun til at føle sig ekstremt underdanig, da hun vidste, at de to dominanter kom afsted med dette.

Piskeriet stoppede, hvilket kun kunne betyde én ting. Selvom hendes læber stadig var låst i et lyst kys, hørte hun lyden af en flaske, der åbnede, og glidecreme blev klemt. Manden gav hendes røv et kraftigt slag med sin bare hånd, så hele Erikas krop krympede. Han markerede aggressivt sit territorium, før fanden begyndte.

Så mærkede Erika den velkendte fornemmelse af, at hendes kinder blev trukket fra hinanden, og dermed efterlod hendes røvhul blottet.

Straks mærkedes fornemmelsen af en hård, glidende pik af hendes brune rynke, da den stillede op til gennemtrængning.

"Jeg nyder at kneppe en kvinde i røven på denne måde," sagde mand #3 og kærtegnede Erikas ribben, startede ved hendes talje og bevægede sig op mod hendes tilbageholdte arme. "Det er som om du er et smukt, fuckable stykke kød. Jeg vil gøre det pænt og groft, lige som du kan lide det."

Hans stærke, beroligende stemme gjorde Erika endnu mere ophidset, da han rakte ned og skubbede hovedet af sin smurte pik ind i hendes lille, veltrænede røvhul. Erika forsøgte at bryde væk fra kysset, men kvinden tog fat i siderne af hendes hoved og ville ikke slippe hende.

Da hanen kyndigt blev ført ind i den lille åbning af hendes røv, trak Erika vejret tungt gennem næsen. Hendes øjne blev store, mens hun ventede på den brændende smerte, som hun forventede. Det kom hurtigt nok, og Erika skreg som svar.

Erika var klemt mellem det greb, han havde om hendes hofter, og kløerne på den sorte kvinde, hvis tunge fortsatte med at rømme hendes mund; hun havde ingen anden mulighed end at tage forskud i sin røv uden at bevæge sig for trøst. Der var ingen pause. Manden var velbevandret i vinkler og knækpunkter. Han kørte ind, indtil hans baller hvilede mod hendes numse. Det voldsomme ved hans overfald var sød tortur. Der var ingen tvivl om, at hendes røv lige var blevet ejet.

Erikas øjne blev store, da hun trak vejret dybt. I stedet for at stønne gispede hun, som om hun var sulten efter luft. Den sorte kvinde virkede henrykt over dette anale angreb.

"Min tur," sagde kvinde #7. "Baby, hvide bryster som dine er min favorit. De ser så mælkeagtige og cremede ud mod mine hænder. De tigger om at blive såret, og det er mit speciale ."

Erika kiggede ned og var enig; kvinde #7's ibenholt fingre gav en ret stor kontrast til hendes egne liljehvide bryster. I starten var berøringen blød og kærlig. Så implementerede den sorte kvinde sin berømte rutine for tortur af brystvorter og vendte sin tunge tilbage for at fylde Erikas slappe mund.

De chokoladefingre klemte undersiden af Erikas vaniljebryster og æltede dem derefter som en rå dej. Det gjorde ondt, men var ingenting i forhold til smerten ved hendes lille røvhul, der blev kneppet så ondskabsfuldt af manden. Så klemte de mørke fingre hver af Erikas brune brystvorter. Nu var dette mere sammenligneligt med den skarpe smerte i hendes røv. To af hendes lyststeder blev nu henrivende. Hun var taknemmelig for, at ingen torturerede hendes fisse på samme tid.

Kvinden fortsatte med at vride de følsomme knopper så hårdt, at Erikas ansigt grimasserede i udsøgt elendighed. Et øjeblik glemte hun næsten, at hendes røvhul var ved at blive vildt. Næsten... Lyden af mandens lår, der klasker mod hendes røv, rettede igen hendes opmærksomhed mod hendes ryg. Erika nåede, hvad hun troede var hendes smertegrænse. Hun brød det lidenskabelige kys, kastede hovedet tilbage og hylede.

"Jeg ved, det gør ondt," hviskede den sorte kvinde, mens hun klemte lidt mere. "Men det er ved at føles så, så godt."

For hendes liv kunne Erika ikke forstå, hvordan smerten i hendes brystvorter nogensinde kunne føles godt. Men da hendes brystvorter blev sluppet, bøjede den sorte kvinde sig ned og suttede kærligt hver af Erikas bryster, hvilket sendte en vild fornemmelse ned ad ryggen. Denne fornøjelse, kombineret med det glædelige overfald på hendes sodomiserede røv, drev Erika til randen af hendes seksuelle fornuft. Den sorte kvindes tunge var lige så beroligende som de fyldige læber, og de arbejdede sammen for at lindre smerten i brystvorterne.

Men fornøjelsen ved hendes bryster varede ikke længe, da den sorte kvinde grusomt fjernede sin mund. Endnu en gang vred hun de spytdækkede brystvorter og plagede Erika yderligere, mens hendes røv fik en ordentlig pløjning.

"Jeg vil ikke gøre det så behageligt for dig," smilede kvinde #7. "Jeg vil have, at du har balance. Et kinky yin og yang. Han får ryggen, og jeg får fronten. Du skal bare stå der og tage det som en god sub."

#3 noterede sig det, lagde sine hænder på Erikas skuldre for at få fat og gik virkelig til byen på hendes røvhul. Hun bidte tænder sammen og lavede hvinende lyde, som gjorde hende grundigt forlegen foran det tilbedende publikum.

Den gigantiske hane, der blev skubbet ind og ud af hendes lille hul, gjorde hende så ustabil, at hun næsten ikke kunne stå. Da Erikas knæ svækkedes, begyndte hun at falde sammen, hvilket lagde mere vægt på hendes bundne håndled. Strækket og trækket på hendes skuldre blev næppe registreret af hendes hjerne, der kæmpede for at klare ekstreme fornemmelser på de modsatte planer af hendes krop.

"Hun går i stykker," sagde kvinde #7 og slikkede sig om læberne, mens hun fortsatte med at forfølge Erikas brystvorter. "Det er på tide, at vi afslutter hende."

Mand #3 forblev ubarmhjertig i Erikas røvhul og gryntede: "Jeg vil have hende til at komme, når jeg kommer."

Instruktionen til meddominanten var klar. Den sorte kvinde slap de ømme brystvorter, gav dem et hurtigt sug for at få lindring og faldt så på knæ foran Erikas spredte fisse.

Da hendes røvhul blev henført af den store pik, og hendes fisse blev slikket af en gudinde, blev Erika overvældet af modstridende fornemmelser. Den uafbrudte blitz på hendes røv blev opvejet af den ømhed, der sugede på hendes klit. Ind imellem brugte den sorte kvinde sine tænder til forsigtigt at bide Erikas hævede klitoris, hvilket fik hende til at græde af inderlighed. Men den sorte kvinde gjorde op med det ved langsomt og kærligt at laske til det bagefter. Som et resultat blev Erika skubbet til kanten af orgasme gentagne gange, men hendes løsladelse blev nægtet. Hun følte sig som en vulkan, der var ved at gå i udbrud.

Med den sorte kvinde nede på knæ var Erika i stand til fuldt ud at værdsætte den intensitet, hvormed publikum stirrede på trekanten. Hver gæst ved denne BDSM-begivenhed så fuldstændig henrykt ud af synet af Erika, der blev drevet til randen af en seksuel eksplosion. Hun blev ejet og var tydeligvis ophidset af hendes seksuelle trældom. Bag denne maske var hendes identitet sikker. Hun tillod sig selv at give slip og dykke ned i de mest afvigende fornøjelser.

Hun brød sin egen regel om tavshed og klynkede til sidst ordene "Åh Gud", da hendes røv blev kneppet voldsomt, og hendes fisse blev spist kyndigt.

Hendes ord tilføjede kun brændstof til ilden og fik mand nr. 3 til at knytte hendes skuldre så hårdt, at blå mærker helt sikkert ville være tilbage. Hvor svært det end var at tro, indså Erika, at han havde holdt sig tilbage. Hans stød blev hektisk , og hun var sikker på, at han snart ville tømme sit frø ind i hendes røv.

"Jeg har et dejligt stort læs til dig," gryntede manden.

Tro mod sit ord fortsatte han med at knurre i hendes øre, men stillede sit angreb. Erika mærkede, at hendes indre endetarm blev belagt med adskillige store sædstøv. I løbet af få øjeblikke blev hanen slap og blev trukket tilbage fra hendes røvhul. Erikas røv måbede nu, hvor den pludselig var tom. Med det samme længtes hun efter at få hans hårde pik tilbage til hendes mest private passage.

"Savner du mig allerede?" hviskede han. "Du er et fantastisk fandme med en stram røv. Værd at vente på."

Han klappede hende på bunden, og Erika følte, at der dryppede sperm fra hendes røvhul. Hun var overrasket over at mærke hans fingre stryge mod hendes løsnede hul og dykke ned i det cremede udflåd. Da de cumbelagte fingre blev indsat i hendes mund, var hun endnu mere chokeret. Efter et øjebliks tøven sugede Erika fingrene rene. Hun svælgede i øjeblikkets fordærv, før hun blev skubbet ud af sin døsighed af tungen fra den sorte kvinde på hendes fisse.

Erika kiggede ned i de glubske brune øjne. Den passionerede sorte kvinde slikkede og suttede dybt på Erikas klit. Mand #3 stod bag Erika og kærtegnede hendes lænd og numse i håb om at se Erika komme ind i kvindens mund.

"Det var det," sagde manden til Erika. "Du skal ikke skamme dig over at komme i hendes mund. Hun nyder tilfældigvis at drikke hvide kvinder. Du har fortjent dette klimaks, tøs."

Erikas hjerte hamrede, og hun hviskede, "Åh for fanden," for sig selv.

Da den sorte kvinde lagde sin tunge hen over Erikas klit, kom orgasmen endelig i episk mål. Den kraft, der var blevet sluppet løs i hendes krop, fik luften i hendes lunger til at briste. Denne orgasme påvirkede ikke kun musklerne i hendes bækkenbund; hele hendes krop knugede sig sammen og trak sig sammen af eksplosionen. Hun var næsten ikke i stand til at støtte sig på sine nu gummiagtige ben. Hele hendes kropsvægt hang på hendes håndled, bundet tæt over hendes hoved. Følgelig blev hendes skuldre trukket på en ekstrem måde, der kunne have været smertefuld under normale omstændigheder.

Hun var ligeglad. Ubehaget i hendes arme var midlertidigt. Denne orgasme var noget, hun ville huske for evigt.

Erika sprøjtede ind i den sorte kvindes mund. Det var en kulmination på al den lækre smerte, hun havde oplevet i sine brystvorter og sit røvhul. Hun var virkelig en smertetøs. Det var sandt; Det kunne alle i lokalet nu bevidne.

Så blev hun efterladt slap. Mens hun forsøgte at genvinde kontrollen over sin vejrtrækning, forsøgte hun at stå på egne ben. Den sorte kvinde smilede, da hun vidste, at arbejdet var udført. Manden hjalp med at holde hende i ro, indtil hun kunne forsørge sig selv.

"Nøjagtig som annonceret," sagde auktionsholderen til publikum, da Erika var brugt. "Nøjagtig som annonceret. Godt gået."

Publikum klappede, mens Erika kæmpede for at få vejret. De to dominanter gav hende blide klap på skulderen og numsen. De hviskede ting til hende, som hun ikke var i stand til at bearbejde. Eftervirkningerne føltes som en sløring.

To unge kvindelige medarbejdere henvendte sig. De bar sexede slanke masker og var sparsomt klædt i sorte blondekjoler. Erika blev befriet fra sin stilling, da de løsnede rebet over hendes hoved. Så blev hendes håndled løst.

Sperm dryppede ned i Erikas røvhul, og hendes egne væsker dryppede fra hendes fisse. Erika holdt hovedet højt, mens personalet forsigtigt tog hende i hver sin arm og førte hende ned ad gangen. Publikum klappede entusiastisk, mens hun gjorde walk of fame. Alle fandt, hvad de ville have den dag. Erika var dog sikker på, at hendes egen tilfredshed var størst af alle.

Erika blev taget til et privat soveværelse, hvor personalet brugte en stak våde håndklæder til at skrubbe og rense hver tomme af hendes krop. En af kvinderne brugte endda en sprøjteflaske til at rense indersiden af sit røvhul. Hele processen varede flere minutter.

Personalet fjernede forsigtigt hendes maske. Den samme proces blev gentaget med hendes ansigt. Overskydende læbestift blev tørret væk, og hendes hår blev bundet i en professionel knold. Hendes jakkesæt blev hentet fra skabet, da hun stod der nøgen.

Auktionsholderen gik ind i soveværelset og fjernede guldmasken. Hendes udtryk var nysgerrig.

"Hvordan har du det?" spurgte Lea.

"Mit røvhul vil være ømt de næste par dage," svarede Erika tørt. "Og mine brystvorter føles, som om de er blevet elektrocuterede."

"Og?"

Mens Lea ventede på svaret på det suggestive spørgsmål, lod Erika personalet klæde hende på; tager sin bh og trusser, strømper på og derefter sit skræddersyede jakkesæt, hvilket gør hende til en professionel kvinde igen.

Erika smilede: "Jeg har aldrig følt mig så levende. Sådan føler jeg det, hvis du virkelig vil have sandheden."

"Det troede jeg," blinkede Lea. "Skal vi stadig spise middag?"

"Det kan du tro."

Da Erika tilpassede sit jakkesæt, pustede Lea et kys og tog guldmasken på igen. Hun vendte tilbage til sine pligter ved auktionen. I mellemtiden takkede Erika personalet, tog hælene på og gik til kontoret.

ENDE

www.ingramcontent.com/pod-product-compliance
Lightning Source LLC
Chambersburg PA
CBHW051811130726
47987CB00003B/1205